U0074760

超級難題

有老鼠家族的五隻老鼠躲在裡面！
你能夠找到老鼠爸爸、老鼠媽媽和牠們的三個孩子嗎？

怪奇漢方桃印
4
超危險違反解除湯
文 廣嶋玲子
圖 田中相

前言

有沒有人看過這樣的老爺爺呢？

他的個子很矮，穿著一套日式工作服，頭上戴了一頂很大的草帽。

他留著長長的粉紅色鬍子，身上背著大木箱。

搞不好，你還會在他的肩上看到一隻青白色壁虎。

如果有人看到他，請馬上通知我。因為他一定可以為我調配一帖很適合我的中藥。

怪奇漢方桃印 4

目錄

第一章　違反解除湯　9

桃公的中藥處方箋之一　107

第二章　賢妻良夫丹　109

第三章　自苦他贈散　185

桃公的中藥處方箋之二　223

桃公的中藥處方箋之三　224

桃公造訪地點大解密　231

右下角的頁碼占卜

使用方法

這次是中國式占卜！翻開的那一頁，就是你的今日運勢喲！

大吉籤……超級幸運
上上籤……幸運
中上籤……普通
下下籤……不幸

本書人物介紹

仙人

桃公

本名／桃仙翁
隨著神奇的鈴聲出現的
中藥郎中。
其實他是桃源鄉最厲害的大仙人！
據說……他的年紀是幾十萬歲！
他身上背的大木箱也有祕密？！

專長：調配
可以實現各種
願望的神奇中藥。

神

瑪珂茉

十二地支／卯
溫柔的兔女神，
渾身充滿年輕活力。

玖佚

神

十二地支／丑
高大的牛女神，
富有包容力，
內心很溫暖。

神

俐恩

十二地支／巳
溫柔文靜的
蛇女神，
經常在
桃源鄉唱歌。

青箕

神

十二地支／辰

在桃源鄉的清泉中生活的龍神。

雖然毒舌、愛冷嘲熱諷，

但面對桃公可能……就沒輒了？

在人類的世界，

會以壁虎的姿態現身！

專長：

打雷，引起暴風雨。

翼哲

神

十二地支／午

身強體壯的馬神，

在桃源鄉內，

他跑得最快。

獅子頭妖婆

山中女妖

居住在深山中，

體型高大，肌肉飽滿結實。

看起來像是一個可怕的老奶奶，

不過其實是醫生！

延啟

神

十二地支／申

桃源鄉內身手最矯健的神，在桃源鄉時經常戴著猴子面具。

第1章 違反解除湯

一

「海岬那裡不是有一間小廟嗎？聽說那間小廟裡有紅色蠟燭，只要點亮那根蠟燭，在新月的夜晚走過天使之路，就可以去實現願望的地方。聽起來是不是很好玩？我們來試試吧。」

聽到好朋友遙人這麼說，章介和阿輝都雙眼發亮的對他猛點頭。

這裡是日本瀨戶內海上的一座小島。島上的生活每天都一成不變，這三個目前就讀小學四年級的孩子覺得無聊死了。

天使之路是一條在退潮時才會出現的小路，可以通往四個小島。關於天使之路有個很浪漫的傳說——只要情侶一起走這條天使之路，就可以情定終身，而且，「在海中出現的小路」聽起來就很迷人。

光是想像只有他們三個人，拿著特別的蠟燭走在天使之路上，就令人十分興奮，而且要在沒有月亮的夜晚出門探險，更是讓人熱血沸騰。

他們立刻開始著手研擬計畫。一個星期後就是新月了，他們調查了一下，發現天使之路會在那天傍晚五點到十一點左右出現。

一個星期後的傍晚，他們三個分別對家人說：「我要去朋友家玩，今天晚上會住在朋友家裡。」然後就騎上腳踏車，前往位在海岬的那間小廟。

那間小廟宇裡面只有四尊土地公神像，而且小廟又破又舊，似乎已經廢棄很久了。

三人在昏暗的天色中，戰戰兢兢的推開小廟的門，廟裡的地板上積滿枯葉和泥土，還有一股霉味，屋頂也破了洞。

小廟後方有一個老舊的燭臺，燭臺上插了一根蠟燭。那根蠟燭又長又粗，顏色是有如鮮血般的紅色。

遙人立刻把蠟燭拿下來。

「到手了！走，我們去海邊。」

抵達海邊時，天色已經完全暗了下來，周圍完全看不到其他人影，但是天使之路的的確確出現了。

遙人立刻點燃紅蠟燭，蠟燭亮起橘色的燭光，光芒稍微照亮了夜晚的黑暗。

遙人露出得意的笑容說：

「燭光挺亮的嘛。那我們出發囉，章介，你拿著蠟燭走前面。」

「為什麼？不是你走前面嗎？」

「我走在中間，萬一發生什麼狀況可以馬上救你們。你不願意嗎？還是有什麼意見？」

遙人氣勢洶洶的說。他一直認為自己是三個人之中的老大，而且通常章介和阿輝也都對誰在前在後這件事沒有意見。

「好吧，那我走前面。」

章介接過蠟燭，打算立刻走向天使之路，但是阿輝叫住了他。

「為了安全起見，要不要也把手電筒打開？萬一風把蠟燭吹熄了，還有手電筒的亮光。」

阿輝說話的聲音微微發抖，遙人用鼻子冷笑一聲說：

「有什麼好怕的？我們之前不是走過好幾次了嗎？即使蠟燭被風吹熄也沒關係。」

「但是……」

「你真是個膽小鬼。那你把手電筒拿在手上，如果蠟燭被風吹熄了，就馬上打開手電筒，這樣行了吧。」

「嗯，就這麼辦。」

「好了好了，出發吧，不要浪費時間了。」

於是，在章介的帶領下，三個人走進了海的通道。

嘩啦啦、嘩啦啦。

周圍一片漆黑，只聽得到海浪的聲音。

三個人一開始還不停的說著：「好可怕！感覺很不妙耶！」或是「啊啊啊，好暗啊！」但是漸漸的，他們陷入沉默。

不知道該怎麼說，總覺得四周黑暗的氣氛越來越濃密，就連空氣都像是被染成了黑色般，不斷向他們撲過來。

「這樣一點都不好玩，我只覺得越來越可怕。」他們的心裡都這麼想。

每個人都在等別人說出「差不多該回家了」，卻都不希望這句話是由自己說出口，因為一旦說出來了，就會被其他人認為是

「膽小鬼」。

於是，他們三個人咬著牙，硬著頭皮繼續往前走。

遙人認為差不多快到第一座小島了。他想，一到島上就打開手電筒，這樣應該可以稍微消除這種不舒服的感覺。

「啊！」這時，走在最前面的章介發出了叫聲，「喂！蠟、蠟燭上有字！」

遙人和阿輝急忙看向蠟燭，發現章介說的果然沒錯，紅色蠟燭的燭身上，浮現了發出綠光的字。

「上面寫了什麼？呃……我向無月之夜祈願，請給我工作。這是什麼意思？」

當遙人一唸出蠟燭上的文字，燭火就突然熄滅了。

周圍的黑暗立刻一擁而上，將他們包圍了起來。因為事出突然，三個人的心臟都撲通撲通的劇烈跳動起來。

「哇啊啊啊！」

「阿輝、阿輝，趕快打開手電筒！趕快！」

「啊啊，好，我知道了！咦？這是怎麼回事？」

「你在幹麼啊？趕快把手電筒打開啊！」

「打不開啦！我按了開關也打不開，難、難道是壞掉了嗎？」

「你在搞什麼鬼啊！」

「你這傢伙真沒用，竟然帶壞掉的手電筒來！」

「才不是呢！我剛裝上新的電池耶，這到底是怎麼回事！」

「鬼才知道！」

正當他們在黑暗中鬼吼鬼叫的時候，眼前突然亮起了一道綠色的光芒。

那是個跟籃球差不多大的火球，雖然火焰燒得很旺，卻完全不覺得熱，反而有股冷颼颼的感覺。

三個人嚇得愣在原地，這時綠色火球突然膨脹，把他們吞了下去。

「嗚啊啊啊啊！」

三個孩子緊緊抓住彼此，放聲尖叫。

「完蛋了！這下子死定了！」正當他們這麼想的時候，聽到了一個陌生的沙啞聲音。

「啊！這次來了三個幫手啊。很好很好，這樣人手就夠了。」

聽到那個喜孜孜的說話聲，三人不由得瞪大了眼睛。

眼前是個鋪了榻榻米的小房間，有一隻巨大的貓咪出現在他們面前。

危

二

那隻虎斑貓的體型很巨大，簡直就像是相撲選手。而且牠胖嘟嘟的，像人一樣用後腿站立，牠的身上繫著白色圍裙，臉上甚至還有三隻眼睛。

「是妖怪！」

因為太過恐懼，他們三個嚇得無法動彈，就連尖叫聲也發不出來。

那隻三眼貓低頭看著他們三個手上拿著的紅色蠟燭。蠟燭亮著綠色的火光，和剛才看到的火球顏色相同。

三眼貓把蠟燭吹熄，笑了笑說：

「店裡現在忙得不可開交，誰來幫忙都可以，就算是人類也沒關係。好，你們三個就給我在這裡好好的努力工作。」

「工、工作？」

「你們不是用了紅蠟燭嗎？在新月的夜晚點亮紅蠟燭，然後說出咒語，就代表你們想要打工，所以我同意你們在我店裡工作。」

「咒語？你說的咒語，該不會是『我向無月之夜祈願，請給我工作』這句話吧？」

「對、對、對，就是那個。既然你知道這句話，就代表你有說過，對吧？」

三人一聽頓時臉色發白。

他們根本沒想到那句話竟然是這個意思。

「打工？在妖怪貓的店裡打工？開什麼玩笑！我才不要呢！」

三人還來不及把話說出口，妖怪貓便緩緩的說：

「我把話先說在前頭，我們的合約已經成立了。如果你們不相信，就看一下自己的手臂。」

三人聽了妖怪貓的話，急忙看向自己的手臂，這才發現他們每個人的右手臂上，都有一塊像是貓腳印的瘀青。

「那是合約的印章。你們別想逃走，一旦動了想逃的念頭，就是違反合約，你們全部都會變成老鼠。到時候，我會把你們拿去做成炸天婦羅，聽明白了嗎？」

三人嚇得魂不附體，點頭如搗蒜。他們看了手上的印記，就知道這不是恐嚇，也不是開玩笑，而是真的會有這樣的結果。

「很好很好，你們知道了就好。我先聲明，只要你們努力工作，我是個很好的雇主。三餐都會讓你們吃飽飽，也會讓你們睡飽飽，所以你們可別偷懶，也不要動歪腦筋。知道了嗎？」

「知、知道了！」

「好，你們以後就叫我老闆。哎呀，已經這麼晚了。這裡還有一個打工的前輩，他會告訴你們工作的內容。喂，桃公，桃公。」

老闆大聲呼叫，接著有一個人走了進來。

那個老爺爺看起來很不尋常，頭上綁了一條桃子圖案的毛巾，身穿橘色和黑色交錯的虎斑工作服，再加上兩道濃密的白眉毛和粉紅色的長鬍子，看起來格外可愛。

「老闆，有什麼事？現在還是休息時間喲。」

「哦，跟你說個好消息。最近店裡的生意很忙，你一個人不是忙不過來嗎？所以我僱了新的工讀生，你負責教他們。」

「工讀生？」

老爺爺看到三個小孩子，露出了驚訝的表情。

「他、他們不是人類嗎？老闆，這是怎麼回事喲？是向妖精買來的嗎？」

「才不是呢！我用招募工讀生的咒術，他們就送上門了。他們就交給你了，我要先去廚房做準備。」

說完，老闆便走出房間。

房間內只剩下他們四個人的時候，老爺爺用一臉為難的表情看著他們。

「呃……好吧，那就請你們先自我介紹一下喲。我希望你們叫我桃公喲，你們呢？請把你們的名字告訴我喲。」

「我、我叫章介。」

「我叫……我叫阿輝。」

「我是遙人。」

三人用像是蚊子叫的微弱聲音，報上自己的名字。

「所以是章介、阿輝和遙人。好，我記住了喲。你們是真的想打工嗎？想要在妖怪的店裡打工？」

「才、才不是呢！」

「我們才不想打什麼工！」

「你說妖怪的店是什麼意思？這、這裡是哪裡？」

三人你一言我一語的大聲嚷著，桃公急忙把手指放在嘴脣上。

「不可以這麼大聲喲。老闆在廚房做準備，如果影響到老闆工作，牠會大發雷霆喲。所以……你們並不想在妖怪的店打工喲？」

「不想！」

「那你們怎麼會使用紅蠟燭呢？你們不是點了火，而且還唸了咒語嗎？」

「……」

看著陷入沉默的三人，桃公一臉同情的說：

「那就沒辦法了喲，你們必須一直在這裡工作，直到老闆滿意為止。」

「這、這裡是什麼地方？」

「這裡是妖怪食堂『貪吃亭』。老闆是廚師，我們是跑堂，要把老闆做好的料理端給客人，還要為客人點餐、洗碗和打掃喲。嗯，就是普通的工作喲。」

接著桃公又壓低聲音說：

「但是店裡的客人不是人類喲，所以要鎮定自若的接待牠們，千萬不可以驚訝，也不能逃走喲。」

遙人費力的開口問：

「這、這是……怎、怎麼回事？」

「沒有什麼怎麼回事喲，在這裡是很正常的事，因為這裡是妖怪城喲。」

說完，桃公便伸手打開房間後方的窗戶。三人從窗戶向外張望，這次真的嚇到雙腿發軟。

窗外乍看之下是個普通的城市，在五顏六色的燈籠下方，有一整排的商店，街道上擠滿絡繹不絕的客人。

但是，那些客人都不是人類。

有的客人長著野獸的臉，有的背上長滿無數尖刺，還有穿著衣服的青蛙和蛇，或是身上冒著火焰的傢伙，盡是一些看起來很詭異的生物。

牠們全都是妖怪，這裡真的是妖怪的世界。

三個小孩嚇得倒吸一口氣，桃公則慢條斯理的對他們說：

「其實人類的世界和妖怪的世界距離很近喲，只要經由正確的入口，隨時都可以來來去去。你們剛好使用了打開入口的其中一個方法，所以才會來到這裡喲。」

「我們不、不能回家嗎？」

「只要合約結束，你們就可以回家喲。所以在這之前要認真工作，絕對不可以違反合約，千萬要牢記這件事喲。」

三個小孩點了點頭。這個桃公看起來是好人，他們決定要聽桃公的話。

章介開口問：

「桃、桃公，你也是用了蠟燭，才被抓來這裡的嗎？」

「不是，我是因為其他原因在這裡打工喲。啊，營業時間快到了，你們要換上店裡的制服喲。」

桃公急忙衝出房間，很快又拿著制服跑了回來。

「趕快換上這件制服，尺寸應該沒問題喲。」

桃公把和他身上有相同虎斑圖案的工作服交給他們，三個人手忙腳亂的換上制服，最後把藍色圍裙緊緊繫在腰上。

「很好很好，很合適喲。那我們去店裡喲。」

三人跟著桃公走出房間，沿著旁邊的樓梯下了樓。

走下樓梯時，他們聞到了一股香噴噴的味道，那是各式料理的香氣。

在他們忍不住用鼻子大力嗅聞的期間，很快就到了一樓。

樓梯右側有一個吧檯，吧檯的後方是大廚房。

自稱是老闆的妖怪貓，在廚房裡忙得團團轉，牠接連攪動好幾個鍋子，一下子撒香料，一下子用超高速切蔬菜和肉，簡直就像是在變魔術。

三人看得出神，於是桃公拉著他們說：

「那裡是廚房，我們要站在吧檯前把客人點的餐告訴老闆喲，然後老闆就會把餐點端過來，接著我們再把那些餐點端給客人。食堂在這裡。」

桃公說完，便走向左側。

那裡的確是一間食堂，裡頭擺著好幾張桌子和椅子，桌椅後方則是門和窗戶。這家食堂就位在馬路旁邊，一雙雙紅色或紫色的眼珠子正從窗外朝店內張望。

「啊，客人已經來了喲，那我來開門喲。」

桃公快步走向門口，把店門打開。

「歡迎光臨喲！貪吃亭今天也開門為各位服務喲！」

「喔，我們等很久了！」

「我肚子餓扁了，今天的推薦定食是什麼？」

「是殭屍豆咖哩附霸王炸豬排喲。」

「哇，光聽名字我的口水就快流下來了，那我就點這個。」

「我也要點這個，然後甜點要蜜豆湯圓。」

妖怪們大聲嚷嚷著，一個接著一個走進食堂。

桃公步伐輕盈的走來走去為妖怪帶位，並在小筆記本上記下牠們的點餐內容。然後他轉頭望向三個孩子，對他們點頭示意，要他們像自己一樣接待客人。

但是他們三個愣在原地，遙人甚至一屁股跌坐在地上，渾身發抖的抱住了頭。

「啊啊啊！我不行，我絕對沒辦法！」

看到遙人崩潰的樣子，章介和阿輝也愣在原地。這時，他們三人的手臂開始發癢，低頭一看，手臂上竟然長出了灰色的毛。

三個小孩嚇得說不出話，桃公跑到他們面前小聲的說：

「如果你們站著不動，就等於是違反合約，會變成老鼠喲。這樣也沒關係嗎？」

當然有關係！

最膽小的阿輝率先採取了行動。他下定決心後，臉色鐵青的走向蛇臉妖怪。

「歡、歡、歡迎光臨。」

「哦，是新來的？哈哈哈！你緊張得發抖耶。嗯，好好加油，那我就點餐啦。給我一份大怪鳥蛋定食，飯要大碗的。」

「好、好！」

「啊，也麻煩幫我點餐。我要點鮮煮霸王茄子，再加上滿滿的柴魚片。」

「好！」

阿輝為客人點完餐，便跑向後方，對著吧檯內大聲的說：

「老、老闆，一份大怪鳥蛋定食，飯要大碗的。還有一份鮮煮霸王茄子，客人說要加滿滿的柴魚片。」

「好哩！」

廚房傳來老闆很有精神的回答。

章介對等待老闆出餐的阿輝說：

「阿輝，你、你太厲害了。」

「嗯，你也知道我家是開中華餐館的，我覺得就、就像是在家裡幫忙一樣。只要把那些客人想成是穿了妖怪裝，就不會覺得可怕了。」

「想成是穿妖怪裝……好，我也這麼辦。」

章介深吸一口氣，走向一個有著細長脖子的妖怪。

現在只剩遙人還沒有開始工作。遙人心想不妙，但是雙腿卻使不上力，他死也不想靠近那些妖怪。

桃公似乎看不下去了，他拉著遙人走進廚房。這時，老闆正在廚房內用大量的油炸著某種不知名的食物。

「老闆，這孩子似乎不適合在外頭招呼客人喲，可以讓他在這裡洗碗嗎？」

「好吧，這也沒辦法。其他兩個人呢？」

「那兩個人沒問題，正在賣力工作喲，兩個人都很勤快喲。」

「太好了。好，小鬼，你去那裡的流理臺，把收回來的盤子和鍋子洗乾淨……聽到沒有？」

「聽、聽到了。」

遙人的眼淚在眼眶中打轉，開始動手清洗髒鍋子和髒盤子。

送回廚房的碗盤不斷的被放進流理臺，簡直就像永遠都洗不完似的，而且老闆偶爾還會罵他：「你沒洗乾淨！」

「你看上面還這麼髒！那堆盤子都要重洗！不必求快，要把每一個碗盤都洗乾淨啊！」

每次挨罵，遙人的眼眶就會湧出淚水，但是比起近距離面對可怕的妖怪，待在廚房洗盤子還比較好，所以他拚命的動手清洗。

就這樣，經過了好幾個小時。

遙人開始覺得手在水中泡得發皺、疼痛，光是站著都覺得很痛苦。這時，有人拍了拍他的肩膀。

回頭一看，原來是端著一堆盤子的桃公。

「辛苦了喲，這些是最後一批盤子，我會負責清洗。你去二樓剛才那個房間，老闆做了員工餐，你可以上去吃喲。」

遙人把洗碗的工作交給桃公，然後逃跑似的離開廚房去了二樓。他聽到二樓傳來熱鬧的說話聲，是章介和阿輝在聊天。

他們兩個為什麼那麼高興？

遙人驚訝的走進房間，眼前的章介和阿輝雖然看起來十分疲憊，但雙眼卻炯炯有神，而且臉上還帶著笑容。他們一看到遙人，笑得更開心了。

「啊，遙人，你洗完碗了嗎？」

「辛苦了。你看，這些食物是老闆為我們準備的，趕快來吃吧。」

「我肚子超餓的，來吃吧。」

他們說得沒錯，房間內的矮桌上，有個大盤子內裝了很多飯糰，還有烤香腸、洋芋泥、雞肉沙拉和當作甜點的橘子石花凍，桌子上擺滿了豐盛的料理。

遙人不由得火大了起來。雖然他肚子很餓，但一想到要心存感激的吃那個老闆做的食物，他就覺得很生氣。

「我絕對不會說這種東西好吃。」遙人暗自下定決心，默默拿起一根香腸咬了起來。

滿滿的肉汁在嘴裡擴散，他差點忍不住大叫：「太好吃了！」遙人第一次吃到這麼好吃的香腸，他立刻胃口大開，拿起飯糰大快朵頤。

章介和阿輝也開動了。吃飯的時候，他們兩人一直在聊天。

「那個獨眼龍妖怪簡直是大胃王，太厲害了。」

「對啊，竟然一轉眼就吃了五碗天婦羅丼。」

「相比之下，白狐女妖的吃相就優雅多了。」

「沒錯沒錯，拿筷子的姿勢超好看。」

「啊，對了，雪男還送了糖果給我，說是獎賞我努力工作。」

「真好。不知道明天會有哪些客人上門？雖然一開始很害怕，但現在反而有點期待了。」

「我也是我也是。」

看到兩人開心聊天的樣子，遙人覺得很火大，忍不住大聲罵他們。

「期待個什麼勁啊！你們有沒有搞清楚我們目前的狀況？一定是因為你們有這種想法，我們才會來到這種地方！紅蠟燭是實現了你們的願望吧，難道不是嗎？既然這樣，我們會來這裡都是你們造成的！」

「你在說什麼啊！不是你唸了蠟燭的咒語嗎？」

「少、少囉嗦！你們兩個都是討厭鬼，我會痛恨你們一輩子！」

遙人哭喪著臉發出尖叫。他太難過了，無法不怪罪別人。

章介惡狠狠的瞪著遙人，而且眼神極其冷漠。

「竟然把責任推到別人身上，真是太過分了。阿輝，你不必在意遙人說的話，我們來吃飯糰。」

「嗯，好。」

章介和阿輝不理遙人，遙人也完全不想和他們說話。

三

隔天，他們被鳥啼般的聲音叫醒了。

「趕快起床，快起床，起床時間到了喲。」

遙人起床後大失所望。

他發現自己睡覺的地方是一個小房間，眼前還站著桃公。原本他希望一覺醒來之後，一切都能恢復原狀。

不過章介和阿輝卻精神抖擻，興奮的問桃公：「今天只要像昨天那樣工作就可以了嗎？」

遙人越看越火大，心想：

「他們竟然已經接受妖怪世界的生活，我才不要像他們那樣。」

遙人板著臉問桃公：

「我們要在這裡被人使喚到什麼時候？」

「昨天已經說過了喲，要一直做到老闆滿意為止喲。好了，我幫你們拿了早餐，你們趕快把被子摺好收進壁櫥，然後趕快吃早餐喲。」

三人聽從桃公的指示，把被子收進了壁櫥。遙人的被子一直摺不好，花了很長的時間，但是章介和阿輝沒有出手幫忙，似乎是還在為昨天的事生氣。

「這兩個傢伙想怎樣！算了，我絕對不要和他們說話。」

遙人更加頑固的認為自己沒有錯。

三個人在尷尬的氣氛中，默默吃著桃公送來的三明治和水果。

等他們吃完早餐，桃公又走了進來。

「你們趕快換制服，要去店裡打掃喲。」

三人要在食堂開始營業前打掃店面，把桌子擦乾淨，再用掃帚掃地，還要擦窗戶。光是做這些事，就讓遙人感到很厭煩。

「真想趕快逃離這裡。」

遙人滿腦子都在想著這件事，所以感覺更累了。

食堂的營業時間快到了，桃公問遙人：

「那個……遙人，你今天有什麼打算？要不要試試在食堂內接待客人？」

「我在廚房就好。」

「好，那你就去廚房喲。章介、阿輝，你們和我一起在前臺喲，今天也要好好工作喲！」

「好！」

章介和阿輝很有精神的回答。遙人不滿的瞪著他們，慢吞吞的走向廚房。

老闆正在廚房內削馬鈴薯皮。

「哦，我記得你叫遙人，你來得正好，你把那裡的廚餘拿去丟掉。打開那道門就能通往後巷，後巷深處就是垃圾場。」

「好……」

遙人拿起沉重的垃圾袋，按照老闆的指示打開小門。門外的確是一條小巷子，看起來比店門前的馬路昏暗，也沒有看到妖怪的身影，但是巷子裡的空氣很潮溼，有一種陰森可怕的感覺。

遙人快步走到巷底，把手上的垃圾袋丟出去。他因為不小心太用力而腳下一滑，於是趕緊伸手扶住小巷的牆壁。牆壁溼溼滑滑的，他的手上似乎沾到了像是汙泥的東西。

「可惡！可惡可惡可惡！」

遙人跺著腳咒罵。

「你還好嗎？」

這時，他的身邊響起一個銀鈴般的說話聲。回頭一看，有個女生站在他身後。

那個女生的年紀和遙人差不多，身上穿著黑色洋裝，還繫著有蕾絲的白色圍裙，看起來就像是個女僕。她的臉蛋很漂亮，有著一頭鬈髮和一雙水汪汪的大眼睛，嘴脣是淡淡的櫻花色，遙人忍不住心跳加速。

女生看到遙人愣在那裡，於是輕聲細語的對他說：

「你也是人類嗎？你該不會是被迫來貪吃亭打工吧？你叫什麼名字？」

「我叫遙人……你是誰？」

女生露出悲傷的笑容說：

「我叫天纈，和你一樣是被迫來到這裡工作，我在另一家店供人使喚。我在這裡已經兩個月了。」

「兩個月……」

遙人立刻對她產生了同情。這麼可愛的女生，竟然在這種可怕的地方生活了兩個月，他忍不住開口安慰她。

「別、別擔心，你一定很快就能回家了。」

「你為什麼會這麼想？」

「因為……桃公是這麼說的。只要把我們找來這裡的妖怪滿意，我們就能回家了。」

「唉，」天纈嘆了一口氣說：「真可憐。遙人，你們被騙了。不是妖怪把小孩子找來這裡，其實是那個桃公把我們拉進這個世界裡。」

「怎麼可能……是桃公？」

「就是他。他看起來像是好人，但內心卻很邪惡，千萬不能相信他的鬼話。但是我們也不能違抗他，因為可以回家的鑰匙就在他手上。」

「咦？真的嗎？」

「對啊……我看你很厲害，也許你有辦法成功。」

天纈瞥了遙人一眼。天纈的眼神讓他臉紅心跳，遙人產生了想要保護她的想法。

遙人用有點沙啞的聲音小聲問她：

「什麼事情有辦法成功？」

「搞不好你有辦法瞞過那個惡魔，拿到回去原來世界的鑰匙……請你救救我，我不想再繼續留在這種鬼地方，你是我唯一的希望，拜託了。」

天纈淚眼汪汪的懇求，讓遙人的心臟撲通撲通跳了起來，而且「拜託了」這三個字，激起了他強烈的自尊心。

老實說，遙人的自尊心太強，反倒容易受到傷害。他以前在章介和阿輝的面前很強勢，所以是三人組中的老大。

沒想到來到妖怪的世界後，自己竟然變得最不中用。遙人對這件事很懊惱，也無法忍受。他不能原諒這樣的自己，看到章介和阿輝對目前的打工生活樂在其中，他更是恨得牙癢癢。

但是，此刻天纈向自己求助了。

「沒錯，我是值得依靠的人。」

遙人頓時湧現了力量和自信，他點了點頭說：

「交、交給我吧，我會救你。但是，我該做什麼呢？」

「噓！等食堂打烊、大家都睡著之後你再來這裡，那時候我們就有時間慢慢聊了。我差不多該回店裡了。」

「我知道了，那、那就晚上見。」

遙人和天纈約定後，便回到貪吃亭的廚房。

「怎麼去這麼久！」老闆劈頭就罵遙人，但他完全不在意。

「我是英雄，我要成為英雄拯救天纈，我一定可以做到，我一定要成功。」

遙人帶著酸酸甜甜的心情開始洗碗。

當天晚上，吃完老闆特製的海鮮燴飯、炸春捲和杏仁豆腐，遙人立刻為自己鋪好被子。章介和阿輝見狀，想要跟遙人說話，他們大概是想和遙人和好吧。

但是遙人無視他們，直接鑽進了被子。現在他已經不把眼前的兩人放在眼裡了。

他想，現在有了天纈，有可愛的女生依靠自己，誰還會想理這兩個傢伙。

雖然聽到章介他們嘆氣的聲音，但是遙人卻用力閉上了眼睛。

不一會兒，房間的燈關了，遙人聽到章介他們躺進被窩的聲音。他又等了一會兒，直到房間內響起輕微的鼾聲和均勻的鼻息。章介和阿輝可能是因為工作很累，所以一下子就睡著了。

遙人悄悄坐起身，躡手躡腳的溜出房間。因為桃公的房間在隔壁，他小心翼翼的悄悄走過，接著下樓走去廚房。老闆應該也睡了，廚房內沒有半個人。

遙人打開後方的門來到小巷內，這時天色已經微亮，早晨即將來臨，但是整個城市寂靜無聲，也完全感受不到妖怪的動靜。這裡和人類的世界不一樣，白天和夜晚的氣氛剛好相反。

黎明的寒意讓遙人忍不住發抖，他輕輕的叫了一聲：

「天纈，你在嗎？」

「我在這裡。」

天纈從暗處現身，跑向遙人。

「太好了，你真的來了。」

「我當然會來啊，我們不是約好了嗎？」

「嗯，我很高興。」

天纈對他嫣然一笑，看到她的笑容，遙人頓時心花怒放。他無法克制自己的臉越來越紅，只好把頭轉到一旁快速的問：

「所以呢？回去原來世界的鑰匙是什麼？如果你知道，希望你能告訴我。」

「嗯，白天我就已經告訴過你鑰匙在桃公手上，你有沒有看過桃公的木箱？」

「木箱？」

「就是上面有桃子圖案的大木箱，可以背在身上，裡面有很多抽屜。鑰匙應該就在那個大木箱裡。」

「真的假的？所以、所以可能就在桃公的房間內。」

遙人興奮得呼吸也變得急促起來。

「如果是這樣，事情就簡單了。只要趁桃公不在的時候溜進房間，在找到那個木箱後把鑰匙拿到手就好。天纈，我會去試試，一定可以找到鑰匙，然後把鑰匙偷出來。」

「嗯，我就知道你會這麼說。」

天緻笑咪咪的繼續說：

「遙人，雖說是鑰匙，卻不是普通鑰匙的形狀。」

「啊，是這樣啊。」

「對，而且我希望你從木箱裡找到三樣東西帶出來，如果沒有這三樣東西，我們就沒辦法逃離這裡，所以你要仔細聽清楚。」

天緻仔細向遙人說明那些希望他帶出來的東西。

「你記住了嗎？千萬不能忘記。」

「別擔心，我不會忘記的。」

「那就拜託你了，因為我沒辦法進入貪吃亭，所以只能靠你了。小心不要被桃公發現。」

「知道了……我找到那些東西之後要怎麼辦？」

「到時候你再來這裡叫我一聲，我馬上就會趕過來……遙人，我們一起回去原來的世界吧。」

遙人看著天纈燦爛的笑臉看得出神，同時下定了決心，自己無論如何一定要成功，萬一失敗了，天纈一定會很失望，他絕對不能失手。

下定決心後，遙人回到了貪吃亭。

他走上樓梯，在回到自己的房間之前，他決定先去隔壁房間張望。如果有機會，就馬上偷走那些東西。

他從門縫窺視房間的狀況，但是卻大失所望。

房間裡確實有一個大木箱，天纈說的應該就是那個沒錯，但是桃公在房間裡，而且他竟然還抱著那個大木箱睡覺，遙人根本不可能靠近。

「好，那就等到明天。等明天桃公在食堂工作的時候，再去他房間把東西偷出來。」

遙人做了決定之後，靜靜回到自己的房間。

隔天，遙人在廚房洗碗時，一直在尋找機會。

當晚食堂內來了很多客人，在老闆和桃公都最忙碌的時候，遙人故意發出嘔吐的聲音。

「噁！老、老闆，對不起，我有點不舒服，可、可以去廁所一下嗎？」

「怎麼了？你還好嗎？好啊，快去吧，快去吧。」

「好！」

遙人衝出廚房，假裝去廁所，但卻溜進桃公位在二樓的房間。

桃公的房間跟遙人他們睡覺的房間是大小相近的和室，房間內的被子已經收了起來，只有一張小矮桌和一個座墊，那個木箱就放在房間的角落。

遙人立刻打開木箱的蓋子，拉開抽屜找了起來。

天纈說得沒錯，抽屜裡裝滿了許多奇奇怪怪的東西，有許多裝了五顏六色粉末或碎屑的小瓶子，還有一大堆貝殼、昆蟲屍體和魚骨頭。

「這些東西看起來像是某種收藏，但它們到底是什麼啊？不不不，現在沒有時間仔細看了，得趕快找到天纈交代的東西才行。」遙人心想。

遙人瞪大眼睛開始尋找，找到天纈交代的東西後，便把它們塞進工作服的內袋裡。

「終於找到所有東西，這下子應該沒問題了。」

遙人立刻離開桃公的房間回到廚房。

一進門，老闆便開口問他：「遙人，你沒事嗎？」

「沒事，只是有點不舒服而已。」

「是嗎？你的臉色看起來很差，你從後門出去呼吸一下外面的空氣。沒關係，沒關係，我會叫章介或阿輝來洗碗。」

老闆說出了遙人求之不得的話。

遙人努力忍著笑意向老闆道謝，立刻來到後門的小巷子。

他吸了一口氣，開口呼喚：「天緬。」

天緬立刻從黑暗深處走了出來。

她到底是躲在哪裡才能聽到他的聲音啊？遙人感到很納悶，但還來不及開口，天緬就撲了上來。

「啊，遙人！你這麼快就拿到了嗎？好厲害，你太厲害了，真是太神勇了！我就知道你一定會成功！」

「是、是啊，我說會成功，就一定能成功。你看，這樣就可以了嗎？」

遙人把偷來的東西遞到天緬面前。

那是裝了金色粉末的小瓶子、黑色鉛筆，還有一根很長的漂亮白色羽毛。

天纈看到這些東西，雙眼立刻亮了起來。

「沒錯，就是這些東西！遙人，你做得很好……這下子終於可以恢復自由了。你等一下，我先做準備工作。」

天纈拿起黑色鉛筆，在小巷的牆壁上畫了一個很大的圓圈，然後在圓圈內寫了一些扭來扭去的文字。

遙人想著：「這看起來好像是動畫或漫畫中會出現的魔法陣」，然後忍不住著急了起來。

要是老闆和桃公在這個時候來察看自己的狀況怎麼辦？

他希望天縯動作快一點，於是開口對天縯說：

「你還要花多長的時間？這樣真的能夠回去嗎？」

「當然啊，我們兩個都可以回去人類的世界。」

「我們兩個……」

「對啊，只有我們兩個人。」

天縯看起來很興奮，但是遙人突然冷靜了下來，因為他的腦海中浮現了章介和阿輝的身影。

雖然他還在生章介和阿輝的氣，覺得他們不再是自己的朋友了，但是一想到真的要丟下他們，總覺得有點不捨。

當遙人陷入煩惱時，天纈已經在牆上畫完圓圈，然後拿起了白色羽毛。她掀起自己衣服的袖子，在她又白又細的手腕上，畫滿了複雜的黑色圖案。

在瞪大眼睛的遙人面前，天纈用羽毛前端描繪圖案，結果羽毛竟然慢慢變黑了，不過她手腕上的圖案卻逐漸淡去。

等手腕上的圖案完全消失後，天纈看著遙人嫣然一笑，嘴脣揚起可愛的笑容。

「謝謝你。我原本會被困在這裡二十年，現在終於自由了。呵呵，而且你還幫我從桃公那裡偷到了我夢寐以求的東西。遙人，我真是太喜歡你了。」

「喜、喜歡……你這麼說我很不好意思。」

遙人的臉漲得通紅，但是天纈向他伸出手。

「呵呵，你這種態度也很可愛。走吧，在他們發現之前，我們一起逃離這裡。」

「嗯，好啊。」

別管章介和阿輝了，他們就自求多福吧。

遙人拋開猶豫和罪惡感，握住了天纈的手。天纈笑得更開心了，探頭看著遙人的臉說：

「遙人……你真的太蠢了。」

「什麼？」

在遙人感到驚訝的同時，全身也湧起一種奇妙的感覺。

一種難以形容的不舒服席捲全身，令他感到頭暈目眩。

然後……

當他猛然回過神時，遙人發現自己變成了一隻小老鼠。

天縝看著放聲大叫的遙人哈哈大笑，似乎發自內心感到高興，而且她冰冷的笑聲令人背脊發涼。

「你真的以為可以和我一起逃離這裡嗎？只可惜我完全沒有這種打算。你的確是我喜歡的類型，自私自利又很懦弱，只有自尊心特別強，但是如果你是一隻『老鼠』，我就敬謝不敏了。反正這道門也只能讓一個人通過，所以就拜拜囉。」

天纈說完，抓起裝了金色粉末的小瓶子，把手放在牆上畫好的圓圈內，她的身體便慢慢被圓圈吸了進去。

遙人意識到她正在離開這個世界，忍不住驚叫了起來。

「等、等一下，不要丟下我！」

「討厭，你這隻髒老鼠不要靠近我！」

天纈無情的把遙人踢開，遙人就這樣重重撞到牆上。疼痛和衝擊讓他昏了過去，只聽到耳邊傳來天纈殘酷的笑聲。

就在這時，貪吃亭的門打開了，桃公衝了出來。

桃公一看到天纈便瞪大了眼睛。

「啊，天邪鬼！」

「哎喲，沒想到被你發現了，但是很遺憾，今天這一局是我贏了。桃公，改天見，下次再陪我玩吧。」

天纈樂不可支的說完這句話，整個人消失在牆壁中。

四

等到遙人回過神時，發現自己已經回到了貪吃亭的廚房。桃公、老闆，還有章介和阿輝都圍繞在他身旁，一動也不動的低頭看他。遙人發現他們的身體都變得很高大，這才想起自己變成老鼠的事。

「啊啊啊啊！」

遙人承受的打擊太大了，完全說不出話來。

老闆嘆著氣對遙人說：

「既然你都變成這樣，那就沒辦法囉，我來準備油鍋，把你炸成天婦羅。」

老闆站了起來，章介和阿輝急忙抱住老闆說：

「等、等一下！老闆，請你等一下！」

「不要！請你不要把遙人變成天婦羅！」

「你們求我也沒用，是他先違反合約，我也很無奈啊。」

「不要不要，我不要遙人被炸成天婦羅！」

「老闆，求求你，遙人的工作我會幫忙做！」

不光是阿輝，就連章介也哭著拉住老闆的手苦苦哀求。看到

那兩個人的模樣，遙人的內心感慨不已。

「我原本……打算丟下章介和阿輝，跟天縯一起回到人類的世界，但是他們卻在為我求情。啊啊，對不起，真的很對不起。」

遙人無法訴諸言語的想法，變成眼淚流了下來。

這時，桃公伸手接住了遙人流下的眼淚，然後笑著說：

「是惡童洗心淚喲。嗯，這是上等貨，而且是很難蒐集到的珍貴材料，沒想到竟然在這裡得到了喲。」

看到桃公喜孜孜的把眼淚裝進小瓶子，阿輝開口詢問：

「桃公，你在說什麼？你說眼淚是材料，這是什麼意思？」

「就是你聽到的意思喲。我的本業是賣中藥的郎中……不過真是太遺憾了，如果手邊還有另一種材料，我就可以讓遙人恢復人形喲。」

阿輝和章介聽了桃公的嘟囔，臉色大變的問：

「桃公，這是真的嗎？」

「可以讓遙人恢復人形嗎？」

「不是，你們沒有聽清楚我的話，現在還缺少一樣材料喲。如果你們兩個願意協助，也許會有辦法……嗯，不不不，可能是我太異想天開了，那不是能夠輕易得到的材料，你們就當作沒聽到我剛才說的話喲。」

桃公有點故弄玄虛，於是章介和阿輝緊追不捨的問：

「只要我們願意協助就行了嗎？這樣就可以得到另一種材料了嗎？」

「我願意！我們什麼事都願意做，請你幫幫遙人！」

看到章介和阿輝熱心懇求的樣子，桃公拗不過他們，於是點了點頭說：

「那我就來調製『違反解除湯』，只是我也不知道能不能成功喲。老闆，如果我順利調製出來，你就會少一個工讀生，這樣沒問題嗎？」

「沒問題，你們可以隨便處理，只要這兩個人留下來，應該就能應付店裡的生意。」老闆冷冷的說。

桃公把木箱拿了過來，從木箱中取出許多道具和小瓶子。他把幾種粉末倒進小酒杯中充分攪拌，然後再把遙人的眼淚輕輕倒進去。

桃公轉頭看向章介和阿輝，然後遞給他們一人一根又長又細的銀針。

「接下來就輪到你們了喲，請你們在這裡各滴一滴血，但在滴血之前，請你們仔細想一想喲，要仔細想遙人的事喲。」

桃公的聲音突然變得很嚴肅，聽起來也很可怕。

「遙人原本打算背叛你們喲，他打算和天邪鬼聯手，自己回去人類的世界，所以他變成老鼠是理所當然的報應。即使是這樣，你們仍然喜歡遙人嗎？依舊發自內心的想要救他嗎？」

「……」

「只要有一丁點的猶豫，你們的血就不能發揮作用喲。只有充滿純粹友情的血液——真正的『友信血』，才能夠調製出『違反解除湯』。」

原來是這樣，所以桃公剛才說的「那不是能夠輕易得到的材料」，指的就是這件事。

章介和阿輝臉色發白，沉默了很長一段時間。

他們的沉默讓遙人痛苦不已，但是他無法為自己辯解，只能獨自垂頭喪氣。

不一會兒，阿輝緩緩開了口。

「桃公……朋友不見得整天都很要好，有時候會吵架，有時候會向對方發脾氣，但是我覺得能夠接受朋友的一切，才是真正的朋友。」

「我也這麼覺得……雖然有點生遙人的氣，但還是喜歡他，也覺得他很重要，所以桃公，請你用我們的血試試看。」

桃公聽了他們的回答，並沒有點頭同意，依然露出可怕的表情，用冷靜的話語說明。

「不光是這樣而已喲，我接下來要調製的藥，必須付出很大的代價喲，畢竟這是化解違反合約懲罰的藥嘛……代價是你們可能會一直被困在這個世界喲，也就是說，你們可能再也回不去原來的世界了喲。怎麼樣？你們認為遙人有這樣的價值嗎？」

這個問題令人很為難，而且也很沉重。

章介和阿輝再度陷入沉默，而且這次沉默的時間比剛才更長。

不一會兒，他們兩個終於採取了行動。

他們用顫抖的手接過桃公手上的針，毫不猶豫的刺進自己的手指，指尖立刻出現了血滴。

「桃、桃公，這是我的血。」

「請你用來調製看看。」

桃公目不轉睛的看著章介和阿輝，露出笑容說：

「合格。你們的血是貨真價實的『友信血』喲，那我現在就來調製藥劑。」

桃公把他們兩人的血放進小酒杯，然後輕輕攪拌了一下。

「好，終於完成了。遙人，請你喝下去喲。」

淺桃子色的藥劑在小酒杯中搖晃，雖然顏色看起來很柔和，氣味卻嗆得遙人頭都昏了。

遙人忍不住向後退。他不是被藥的氣味嚇到，而是章介和阿輝可能會因此被困在妖怪的世界，自己絕對不能讓這種事情發生。

但是桃公用力抓住遙人的身體說：

「好了好了，你不要逞強，趕快喝下去喲。」

桃公說完，便把遙人的頭壓向小酒杯。遙人立刻憋住呼吸，但他沒辦法憋氣太久，最後只能把藥喝下去。

在他把藥大口喝下去的同時，一陣好像身體要炸開的感覺貫穿了全身。

「好苦！不對，好辣！不對，舌頭好像酸到縮起來似的？」

強烈的刺激讓他忍不住渾身發抖，然後……

等他回過神時，發現自己終於恢復成人形，一屁股跌坐在地上。

「我、我……恢復人形了嗎？」

「遙人！」

「遙人，這真是太好了！」

章介和阿輝興奮得跑了過去，遙人忍不住大聲斥責他們。

「好什麼好啊！怎、怎麼可以這樣，你們不能回去了啊，這樣根本一點都不好！」

遙人在大聲斥責的同時哭了出來，但是另外兩個人一點也不在意的緊緊抱著他。

「哈哈哈，遙人果然愛逞強。嗯，這樣就好。」

「你能恢復原狀真是太好了。我們的事一定有辦法解決，我們會努力尋找回去的方法，你不必擔心。」

「阿輝……章介……」

章介和阿輝的善良刺痛了遙人的心，讓他淚流不止。

「對不起，真的很對不起！我、我真是太沒良心了。」

「別這麼說，你能變回人類真是太好了。」

「遙人，沒事了。」

他們三人抱在一起互相安慰。

等淚水停歇，他們的情緒終於平靜下來時，遙人有了「必須想辦法解決這件事」的想法。

遙人看著桃公說：

「桃、桃公，拜託，拜託你把能拯救章介和阿輝的方法告訴我。我、我願意做任何事，桃公你一定知道方法對不對？求求你救救他們。」

「咦？章介和阿輝根本不需要別人救他們喲。」

「他們不是可能會回不去原來的世界嗎？」

桃公故意瞪大眼睛問：

「咦？我有這麼說嗎？哦，那一定是我為了得到『友信血』才說的喲。」

「所、所以……」

「他們沒有問題喲，只要合約到期——也就是只要老闆認為不需要他們幫忙了，就算是打工結束，他們就可以回去人類的世界喲。」

遙人聽到這句話，全身癱軟的坐在地上，章介和阿輝也終於露出「鬆了一口氣」的表情。

這時，剛才一直沒說話的老闆對遙人說：

「你這傢伙還真是幸運。總之，你的打工到此結束，一旦違反合約，合約就會馬上終止，再加上桃公替你化解了變成老鼠的懲罰，所以你可以回去原來的世界了。你要馬上回去嗎？」

「啊？」

遙人忍不住看著章介和阿輝問：

「請問……他們呢？」

「他們還不行，還要繼續在這裡打工一段時間。」

章介和阿輝雖然露出了驚訝的表情，但是他們立刻點頭對遙人說：

「遙人，就這麼辦吧，你先回去。」

「阿輝說得對，機會難得，不要錯過了。」

聽到他們這麼說，遙人下定了決心，注視著老闆回答：

「我要繼續在這裡工作，我想和他們一起回去。」

「是嗎？你終於露出讓人看了順眼的表情。」

老闆說著，摸了摸遙人的頭。

「既然這樣，你們就好好工作。剛才鬧出這場風波，我暫時把店門關起來了。桃公，你現在去把店門打開。」

「好喲。」

正當桃公準備走去食堂的時候，三隻高大的三眼妖怪貓湧進了廚房。那三隻妖怪貓長得和老闆很像，身上背著很大的背包。

「叔叔，午安。」

「讓你久等了。唉，來這裡的路途實在太過遙遠，所以花了很長的時間。」

「哦，你們終於來了！我正等著你們呢。」

老闆緊緊抱著三隻妖怪貓，然後回頭對遙人他們說：

「牠們是我的侄子，一直說要來店裡幫忙，但是住得很遠，遲遲等不到牠們，我才決定先僱用工讀生。現在牠們來了，我和你們定下的合約也該結束了。」

老闆咻咻揮了幾下手，章介和阿輝手臂上的貓腳印立刻消失了。

事情的發展太過突然，三個孩子們根本來不及反應，只能茫然的站在原地。

老闆對桃公說：

「不好意思，請你幫忙把他們送回去，再加上你之前在這裡工作的天數，你的打工也到今天為止。」

「太好了喲，那你們三個跟我來喲。」

他們跟著桃公來到後門的小巷，一呼吸到戶外的空氣，三人立刻感受到真的要回家了。

「桃公，我、我們真的可以回去嗎？」

「嗯，合約的印記已經消失了，沒有問題喲。」

「太、太好了！」

「嗯，真的太好了！」

「但是……我們不是三天沒回家了嗎？不知道媽媽會不會擔心。」

「她們一定會臭罵我們一頓。」

「對啊。」

三個人的心情有點憂鬱，不過桃公呵呵笑著說：

「你們不必擔心，妖怪的世界和人類的世界時間不一樣喲，而且我會安排你們在適當的時間點回家喲。」

桃公說完，便朝他們噴了像是香水的東西。那種東西化成紫色煙霧，把三人包圍起來。

「再見了喲，很高興和你們一起打工喲。」

桃公的聲音變得越來越遙遠，接著……

霧氣突然散去，他們發現自己站在位於海岬的小廟前。天色微亮，三人穿著熟悉的衣服騎在腳踏車上。

「這是我們三天前穿的衣服！」

「時光倒轉了嗎？我們回到三天前了？」

「現在是我們去小廟拿紅蠟燭之前！」

在七嘴八舌的叫嚷之後，三人陷入了沉默。

隔了一會兒，遙人開口說：

「我們先回家吧。」

「好。」

阿輝立刻點頭同意，只有章介露出一絲遺憾的表情。

「總覺得沒有人知道我們經歷了一場驚人的冒險，好像有點不過癮。」

「章介，這有什麼關係，我們三個人知道這件事啊。還是……

你想要再點一次紅蠟燭？」

「不，那就不必了，因為下次打工的地方未必是貪吃亭。」

他們相視而笑，騎著腳踏車離開了。

桃公把三個孩子送回人類的世界之後，重重的嘆了一口氣。

「哎呀哎呀，這兩個星期把我給累慘了喲……話說回來，那樣東西被天邪鬼偷走真是太可惜了喲，她一定會把那個東西用來做壞事。而且天邪鬼很痛恨我，絕對會來找我麻煩喲。唉，真麻煩，沒想到又要花心思對付她了喲，這全都是青箕的錯喲。」

就在桃公嘀嘀咕咕的時候，一個爽朗的聲音響了起來。

「桃仙翁，原來你在這裡啊。」

一個身材高大的男人出現了。他是英俊瀟灑的美男子，身穿高雅的衣服，還有一頭水藍色的飄逸長髮。

然而，桃公對這個俊美得讓人看得出神的男人毫不留情。他從木箱中拿出平底鍋，大叫一聲：「看招！」就揮著平底鍋打他。

這個俊美的男人在千鈞一髮之際閃開了，瞪大著眼睛問：

「桃仙翁，你在幹麼！」

「你給我閉嘴！你竟然、竟然害我在貪吃亭打了兩個星期的工喲！你竟然敢出這種爛主意！」

「你可別怪我！是你自己說颯乃辛苦工作了一年才回來，要煮一頓好料的給她吃！」

「我的確有這麼說過喲，但是你喝得爛醉如泥，又是彈琴又是打鼓的吵翻了天，最後還和萊卡把人家的店弄得亂七八糟，弄到要賠償人家喲！結果你居然躲得不見蹤影！你這個可惡的龍神，之前都在幹什麼喲？」

「你、你說我可惡？你這個臭老頭，說話不要這麼口無遮攔好嘛！」

「你少囉嗦喲！如果你有好好守著木箱，那個重要的東西就不會被天邪鬼偷走了喲！」

青箕聽了桃公的話，僵著臉，似乎很驚訝。

「你說天邪鬼？她做了什麼好事？」

「唉……越想越生氣！廢話少說，先讓我修理你一頓喲！」

「喂，臭老頭，快給我住手！」

就這樣，桃公和青箕在小巷內打鬧了起來。

桃公的中藥處方箋之1

違反解除湯

用法及用量

喝下混合必要材料的解除湯。

作用與功效

可以化解違反合約造成的後果，定下的合約也會同時解除。

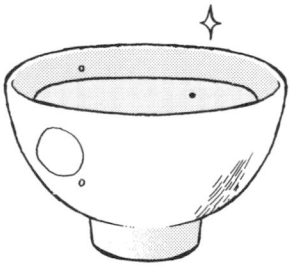

使用注意事項

雖然可以化解違反合約的懲罰，但有可能會使朋友無法回到原本的世界。

第2章 賢妻良夫丹

一

「唉，好煩喔，我不想回家！」

敏郎趴在居酒屋的吧檯上，像個孩子一樣大叫著。

敏郎是二十八歲的上班族，太太和他年紀相同，在六個月前生下了一個可愛的女兒。他的工作一帆風順，人生充滿豐富色彩，照理說，未來應該很美好才對。

但是——

自從太太生了女兒之後，整個人性情大變，脾氣變得很火爆，整天都對敏郎發脾氣。

起初敏郎還能忍耐，但是他越來越痛苦，變得根本不想回家，最近連看到太太的臉都感到膽戰心驚。

所以今天下班後，他獨自來到居酒屋借酒消愁。他一杯接著一杯不停灌酒，一下子就喝醉了，忍不住把滿腹苦水說給坐在他旁邊的客人聽。

「我老婆真的很過分，不知道她吃錯了什麼藥，整天都不高興。自從生了孩子以後，家事都做得很馬虎，一整天待在家裡都不打掃，洗好的衣服也不摺，下廚更是偷懶貪方便。上個星期連續吃了五天的咖哩，很離譜吧？如果我在外面吃飯，她又會生氣，說我只顧自己享受。」

「哎呀哎呀。」

「她整天把我當成不中用的廢物！我先說喔，我也努力想要幫她的忙，但是這樣也會惹我老婆生氣。而且她還不讓我好好抱女兒，說什麼自己好不容易才哄女兒睡著，叫我不要把女兒吵醒、不要亂插手！哪有人會對下班回家的老公這樣說話？」

「這……可能是因為哄女兒睡覺真的很辛苦喲。」

「不是不是，她只是想獨占女兒，一定是這樣。不只是這樣，即使我關心她，問她要不要幫忙，她也會冷冷的拒絕說不必了。但是當我開始打電動，她又會很生氣，簡直是莫名其妙。」

敏郎說完，喝了一大口啤酒。

「幫忙不行，不幫忙也不行，完全搞不懂她到底想要我怎樣。我現在回到家也無法放鬆，真可惡，她以前明明很可愛的，現在卻變成了惡婆娘。真希望有什麼藥可以讓她變回以前溫柔婉約的樣子，唉，我不想回家，我不想回家啦。」

敏郎一次又一次的不停抱怨著，剛才一直靜靜聽他說話的客人突然開了口。

「那你今天晚上不要回家，來幫我做事如何？」

「啊？幫你做事？」

「是喲。我是賣中藥的郎中，今天晚上有三位客人和我預約，應該會很忙喲。如果你願意幫忙，那就太好了喲。」

「你是賣中藥的郎中啊，聽起來好帥。但是我幫得上忙嗎？我雖然精通電腦，但對中藥卻一竅不通，搞不好會越幫越忙。」

「不會不會，你一定可以幫上忙喲。如果你願意幫忙，我可以送你『賢妻良夫丹』作為酬謝喲。」

「賢妻良夫丹？那是什麼？」

「那是很棒的藥喲，只要吃了這種藥，原本凶神惡煞的太太馬上就會變得像天使一樣溫柔喲。怎麼樣？你想不想要？」

如果是平時，敏郎一定會覺得「怎麼可能會有這種藥？」但是他那時喝醉了，覺得什麼事都能相信。

可以讓太太變溫柔的藥！如果世界上有這種東西，自己非拿到不可！

而且可以像這樣一整晚不回家，也讓他很開心。這樣就像離家出走一樣，讓人好興奮。

「如果今天晚上沒回家，不知道老婆會怎麼想？她會為自己擔心嗎？搞不好會反省『全都是我的錯』。嗯，就這樣辦，要讓老婆澈底自我反省。」敏郎心想。

敏郎一口氣喝光剩下的啤酒，對坐在自己身邊的客人——那個把粉紅色鬍子綁成麻花辮，看起來與眾不同的老爺爺點頭說：

「好啊，既然這樣，那我一定全力以赴！」

「你的回答很棒喲，真是一位可靠的先生喲。」

「我叫敏郎。」

「敏郎，那我們就出發喲。啊，小姐，麻煩你結帳。這家店的拿手料理——草鞋豬排丼太好吃了喲。」

老爺爺用像是小鳥啼叫的聲音說完後，拿起放在一旁的大草帽，從吧檯的座位跳到地上。

就這樣，他們一起走出了居酒屋。老爺爺走在黑暗的路上，似乎是打算去車站，他的身上還背了一個木箱。

敏郎貼心的說：

「這個木箱看起來很重，要不要我幫你拿？」

「沒關係、沒關係，這個箱子對我來說很重要，我可以自己拿喲。但是謝謝你，你很善良也很體貼……只不過很多人懂得對外人體貼，卻不懂得這樣對待自己的家人喲。」

「嗯？」

「沒什麼，沒事喲。啊，你看，前面就是車站，列車快進站了，我們要加快腳步喲。」

喝醉的敏郎跟著老爺爺走去車站，完全沒有產生任何懷疑。

現在已經是深夜，車站內沒有人，而且黑漆漆的。

這麼晚了還有電車嗎？

敏郎閃過這個念頭的時候，聽到了汽笛發出叭叭叭的高亢聲音，鐵路另一頭出現了燈光。

「喔，來了來了，真準時喲。」

老爺爺看起來很高興，但是敏郎卻非常驚訝，因為駛進車站的不是電車，而是一輛吐著白煙的蒸汽火車。看到眼前閃耀著黑色光澤、威風凜凜的火車，敏郎簡直看傻了眼。

這附近確實會有火車經過，有很多鐵道迷會特地來看火車。

但是火車的鐵軌應該在更前面的地方，他從沒聽說過火車會經過這片住宅區，而且沒有理由這麼晚還有火車。

「老爺爺，請問……」

「請叫我桃公，我討厭別人叫我老爺爺喲。」

「對不起……呃，火車會經過這個車站嗎？」

「會喲，因為我手上有車票。只要有車票，這輛童話列車可以到任何一個車站載客。」

「童話列車？」

「對了，我也為你買好車票了喲。來，票給你喲。」

桃公說完，把一張小小的車票遞給敏郎。敏郎接過車票後，仔細的打量。

那張車票很漂亮，閃爍著彩虹色的光芒，並且用金色墨水寫著：「童話列車特別車票　天涯海角皆可達」。

那是一張光是看著就讓人興奮不已的車票，讓敏郎想起以前抓到鍬形蟲，或是釣到大魚時的那種興奮感。

這是他的車票，絕對不能遺失。

敏郎緊緊握住車票問桃公：

「車票上寫著『天涯海角皆可達』，那是什麼意思？」

「就是字面上的意思喲，只要你想要，就可以去任何地方；你也可以一直坐在火車上，因為這是特別車票。啊，車門開了，快上車、快上車喲。」

火車不知道什麼時候已經進站了。

敏郎在桃公的催促下搭上火車。

火車內部裝潢得很豪華，除了有紅色天鵝絨座椅，焦糖色的木頭扶手也擦得發亮，車頂和車壁上還掛著漂亮的燈具。不過這節車廂裡沒有其他乘客，只有桃公和敏郎兩個人。

敏郎有些不知所措，但還是在座位上坐了下來，桃公則坐在他的旁邊。

這時，火車搖晃一下便出發了。敏郎看向車窗外，發現外頭一片漆黑，什麼都看不到。

這輛火車不知道在什麼地方行駛，也不知道要開去哪裡。唯一確定的是，火車距離敏郎居住的城市已經越來越遠。

雖然敏郎的酒慢慢醒了，但他一點兒也沒有後悔，反而更加興奮了起來。

「這應該不是夢，驚奇的冒險拉開了序幕。只要坐上這輛火車，就不必看到老婆的臭臉，既然是這樣的話，真希望可以永遠坐在火車上。」敏郎想著這些事，瞥了一眼坐在他身旁的桃公。

「這個桃公到底是何方神聖？他那粉紅色鬍子一看就知道不尋常。他要自己幫忙，到底是要幫什麼忙呢？」敏郎狐疑。

這時，敏郎嚇了一跳，因為他看到一隻青白色壁虎爬上了桃公的肩膀，而且還露出不屑的銳利眼神看著他。

「桃、桃公，有壁虎在你肩膀……」

「嗯？哦，牠叫青箕，是我的搭檔喲。說是這樣說啦，牠其實經常給我惹麻煩。」

「啾啾！」

「你問我是不是還在生氣？那是當然的喲！你可不要跟我說你已經忘了天邪鬼逃走的事喲！」

「啾！」

繼從沒見過的火車出現在車站後，現在又看到老爺爺和壁虎說話。

「啊啊，不可思議的事情接連發生，不是會令人越來越激動興奮嗎？」正當他這麼想著的時候，突然有個平靜的聲音透過廣播傳了出來——

「本列車即將抵達桃之鄉，桃之鄉。」

「啊，我們要在這個車站下車一趟喲。」

「什麼！這麼快就要下車了嗎？」

「因為第一位客人在這裡等候喲。趕快，趕快下車喲。」

雖然很失望，但敏郎還是點了點頭。

他發現火車放慢了速度，隨著一陣「嘰」的刺耳聲音響起，火車終於停了下來。
ㄏㄨㄛˇ ㄔㄜ ㄓㄨㄥ ㄩˊ ㄊㄧㄥˊ ㄌㄜ ㄒㄧㄚˋ ㄌㄞˊ

二

他們下了火車，發現那裡是一個小車站。車站很冷清，只有寫著「桃之鄉」的站牌和木頭長椅。周圍小山圍繞，飄來淡淡的花香。

這時，微弱的腳步聲響起，一個瘦小的爺爺走了過來。這個爺爺就像是從童話故事中走出來的人，他留著鬍子、包著頭巾，身穿暗綠色的上衣和褲子，腰上還掛著一把柴刀。

桃公立刻走向那個爺爺，向他深深一鞠躬。

「很抱歉，讓你久等了喲。」

「我也才剛到，沒有等很久。桃公，謝謝你不辭辛勞，千里迢迢來這裡。」

「只要受到召喚，就算是天涯海角我也會到喲。你這次需要什麼藥？你想要什麼呢？」

「我想要可以改善皮膚乾裂的軟膏。」

「哦，那我馬上為你調製最出色的『水嫩嫩皮膚軟膏』喲，請你稍待片刻。對了，敏郎，請你為客人倒杯茶。這個給你，用它燒開水，再用熱水泡茶喲。」

桃公從木箱中拿出小巧的水壺和瓦斯爐，還有茶杯以及裝了茶葉的鐵罐。

敏郎手忙腳亂的將瓦斯爐點火，接著用水壺燒開水，但是他卻不知道該怎麼泡茶。在家的時候，向來都是太太泡茶給他喝，他從來沒有自己泡過，甚至不知道要加多少茶葉，所以只能愣在原地。

這時，戴頭巾的爺爺向他伸出援手。

「只要加一茶匙的茶葉就夠了。」

「哦，好的，是這樣嗎？」

「對，對，差不多這樣就夠了，然後要稍微等一下……嗯，應該差不多了。啊，水不要倒得太快，要慢慢倒，這樣泡出來的茶會更好喝。」

「好，好的。」

敏郎總算順利泡好了一杯茶。

敏郎把茶遞給戴頭巾的爺爺，爺爺開心的接過茶杯。

「謝謝……啊，真好喝，這種有點寒意的晚上，喝一杯熱茶正合適。」

「是、是啊。」

敏郎轉頭看向桃公，不知道自己接下來該做什麼。

這時，桃公正一個勁的用研磨杵磨粉。他混合了各種材料，然後把它們搗碎。桃公一臉嚴肅，所以敏郎不敢隨便跟他說話。

這時，戴頭巾的爺爺對敏郎說：

「桃公可能還要花一點時間才會完成，你要不要在那張長椅上坐一下，跟我一起聊天？」

敏郎無法拒絕，於是他和戴頭巾的爺爺一起坐在車站的長椅上。敏郎絞盡腦汁思考話題之後，終於開了口。

「請問你住在這附近嗎？」

「是啊，我從很久很久以前就一直住在這裡。」

「這一帶都是山林，住在這裡會不會很不方便？」

「我已經在這裡住了很多年，這裡簡直就是人間天堂呢。我以前也曾經在都城生活，因為我家的孩子立了大功，在那裡為我們買了大房子。」

「這樣啊，真是個孝順的兒子。」

「是啊，是讓我感到驕傲的孩子，但我還是不喜歡都城喧鬧的生活，所以就和太太一起回到了熟悉的鄉下。」

「這樣啊……你太太不會對搬回鄉下生活感到不滿嗎？」

「不會不會，她很尊重我的想法，馬上就點頭答應了。我老婆真的很善解人意。」

戴頭巾的爺爺笑了笑，開始滔滔不絕的誇獎自己太太。

「她是個勤快的人，做的菜很好吃，又很會做針線活，而且笑容一直很可愛。」

敏郎聽到他對自己的太太讚不絕口，忍不住羨慕起來。

「真令人羨慕，相比之下，我老婆簡直太遜了。」

「哦？是這樣嗎？」

「對啊，她最近整天都愛生氣，我已經好久沒有看到她的笑容了。」

「哎呀，那日子很難過啊，但是她為什麼這麼愛生氣呢？」

「我就是不知道原因啊。」

「這樣啊。我和我太太在一起這麼多年，不管她在想什麼我都知道。你不了解自己太太的想法，還真是傷腦筋啊。」

聽到戴頭巾的爺爺一臉擔心的這麼說著，敏郎覺得有點難為情，於是急忙改變話題。

「你剛才說想要改善皮膚乾裂的軟膏。」

「是啊是啊，我老婆洗了太多衣服，手變得很粗糙，我很心疼她。我太太都是去河邊洗衣服，即使我說：『讓我來洗。』她也還是堅持那是自己該做的事。她總是笑著去洗衣服。我很高興，也很感激她，所以想說至少買個軟膏給她擦一下。」

「你真體貼。」

「沒這回事，這是我應該做的。想到我太太的付出，我常常在想，自己還可以為她多做些什麼事。」

「還可以為她多做些什麼……」

敏郎聽了爺爺所說的話，有一種受到當頭棒喝的感覺。

回想起來，自己雖然會問太太：「要不要我幫忙？」卻從來沒有想過自己可以做什麼。是不是該像這個爺爺一樣，主動思考自己做什麼事能夠博取太太的歡心，然後付諸行動？也許這麼一來，太太就不會再氣鼓鼓的說：「不必了！你什麼都不要碰！」或是凶巴巴的說：「難道你看不出來該做什麼事嗎？既然這樣的話，那就算了！」

正當敏郎在思考這些事的時候，桃公走了過來，他的手上拿著一個裝了白色軟膏的圓瓶。

「讓你久等了喲，這就是『水嫩嫩皮膚軟膏』，對乾裂、龜裂和凍瘡都很有效。只要擦在皮膚上，馬上就能恢復水嫩嫩的膚況，皮膚摸起來會像麻糬一樣滋潤喲。我多做了一些，用完記得再召喚我喲。」

「哦，那真是太好了！桃公，太感謝了。」

「小事一樁。至於藥錢，可以請你用之前拜託你為我張羅的東西支付嗎？」

「當然可以。」

爺爺從懷裡拿出一個小袋子交給桃公。

「這些是狗的指甲、猴子的毛，還有雉雞的啼叫。我按照你的要求，向孩子的朋友蒐集齊全了。」

「謝謝你喲！這三種材料，是製作『召集朋友丸』絕對不能缺少的藥材喲。」

桃公笑咪咪的接過了袋子。

「好了，那我們差不多該告辭了喲。」

「下次記得來這裡多玩幾天，我想請你嚐嚐我老婆做的菜。還有這位年輕人，下次請你帶著太太一起來桃之鄉玩。」

「謝、謝謝你盛情邀約。」

桃公和敏郎向滿臉笑容的爺爺告別後，再次搭上了火車。

他們一上車火車就出發了，簡直就像是專程在等他們一樣。

敏郎在桃公身旁坐下後說：

「這個爺爺很奇特，打扮也像是從民間故事裡走出來的人。」

「呵呵呵，他就是民間故事中的名人，你應該也認識他喲。」

「他是誰啊？」

「他就是〈桃太郎〉故事中的爺爺喲。」

「桃太郎？你說的『桃太郎』，就是從桃子中出生，然後帶著狗、猴子和雉雞消滅妖怪的那個桃太郎嗎？」

「沒錯，就是他，剛才的爺爺就是把他養育長大的人喲。他從以前就很疼愛老婆，是個很棒的人喲。」

這是在開什麼玩笑啊。敏郎原本想要一笑置之，但是卻笑不出來，因為他覺得這搞不好是真的。

在自己搭上火車的那一刻，不，從自己答應幫忙桃公的那一刻開始，是不是就已經遠離了現實世界？敏郎內心的這種想法，讓他閉上了嘴。

桃公笑著說：

「這輛童話列車的軌道還很長喲，真的可以通往天涯海角……一定可以找到你想要的東西喲。」

「請問這句話是什麼意思？」

「呵呵呵，如果我說出來就沒意思了，希望你自己能好好想一想喲。」

桃公好像出了一道謎題給他。

註：〈桃太郎〉是日本家喻戶曉的民間故事。故事講述老奶奶在河邊洗衣，撿到一顆大桃子。與老爺爺合力切開桃子後，從桃子裡頭迸出一個男孩，取名為桃太郎。桃太郎長大後，前往鬼島為民除害，最後與夥伴狗、猴子與雉雞一起成功擊敗妖怪。

三

離開桃之鄉大約十分鐘後，車廂內再次響起了廣播。

「本列車即將抵達足柄山，足柄山。」

不會吧？敏郎忍不住看向桃公問：

「我們也要在這個車站下車嗎？」

「是喲，因為有客人在這裡等我們喲。」

「這次的客人……該不會又是民間故事的人物吧？」

「哎喲，竟然被你發現了。如果你可以猜到是誰，我就送你獎品喲。」

「……」

敏郎覺得桃公是在跟自己開玩笑，但心裡又不禁覺得搞不好是真的，所以完全無法開口回答。

他們在足柄山車站下車後，發現這裡比剛才的桃之鄉位於更深山之中，空氣也蘊含著大自然的氣息。

有個高大的女人站在車站的月臺上，雖然她並不年輕，但也不是老人。她穿著一身和服，一頭長髮在腦後綁成一束馬尾，五官看起來很溫柔，但或許是因為個子比敏郎高大，所以給人感覺很有壓力。

桃公沒有理會心生畏懼的敏郎，反而高興的跑向那個女人。

「好久不見喲，八重桐大人，很高興又見到你喲。」

「桃公，你好。我也很高興見到你，看到你還是這麼健康，真是太好了。」

名叫八重桐的女人用輕柔的聲音回答。

「謝謝你今天來這裡，我現在可以向你訂藥了嗎？」

「當然沒問題喲，這就是我此行的目的喲。」

「那我要有助於改善瘀傷的藥，還有創傷藥。」

「是人類用、妖怪用，還是要給野獸用的呢？」

「是要給野獸用。不久之前，熊掉下了懸崖，還有調皮的小鹿和野狗打架，結果都受了傷。」

「這樣啊。你身為山林的管理者，還是整天都很忙碌喲。」

「是啊，有點忙。只不過和那孩子以前還在這裡的時候相比，已經好很多了。那孩子還是嬰兒的時候，我根本連喘息的時間都沒有。」

「的確，令公子確實會讓人忙不過來喲。啊，敏郎，請你再泡杯茶給客人喲。」

桃公拿出泡茶的用品交給敏郎，便埋頭開始忙於調製中藥。

敏郎聽從桃公的指示開始泡茶。因為剛才已經泡過一次，所以他這次很快就泡好了。

「請喝茶。」

「你真客氣，太感謝了。」

八重桐面帶微笑的接過茶杯。敏郎暗自鬆了一口氣，隨口問：

「請問你有兒子嗎？」

「是啊，現在已經長大了，只不過他小時候真的是個讓人勞神操心的孩子。」

「哦，這樣啊。」

「對，」八重桐點了點頭，「他是個活力滿到溢出來的孩子，比其他孩子更早學會爬行，從嬰兒時期開始，就必須整天繞著他轉。有幾次他把手伸進地爐，幸虧有及時發現制止他。他還曾把醃醬菜的醬缸打翻，或是自己跑出去。光是整天忙著阻止他搗蛋，一眨眼的工夫，天就已經黑了。」

「那還真是辛苦啊。」

「是啊。而且夜裡也不得閒，他晚上哭得很大聲，哭聲在山裡產生回音，我只好一整晚都把他抱在手上。不一會兒，天亮了，又是新的一天的早晨。我覺得自己那時候幾乎都沒有睡覺，雖然我的身體比別人強壯，卻整天感覺昏昏沉沉的，除了照顧嬰兒，什麼事都做不了，像這樣喝杯茶也是奢求。」八重桐用一臉懷念的表情這麼說。

但是敏郎聽了卻冒出冷汗。

整天都要照顧孩子，晚上無法睡覺，甚至沒有時間喝杯茶，這不正是自己太太目前的狀態嗎？這麼說起來，太太似乎曾經向他抱怨過好幾次。

「身體很累，什麼事都沒辦法做。」

「睡不著。」

「因為一直要留意孩子的狀況，即使整天在家，也沒辦法做完所有的家事。」

但是當時的敏郎對這些抱怨一直充耳不聞，只是一笑置之的對她說：「既然你是媽媽，絕對可以完成這些理所當然的事。」

回想起來，好像就是在那次談話之後，太太就變得整天心情惡劣。

當敏郎一回想起這些事時，八重桐也開口問他：

「你有孩子嗎？」

「有，有一個，我女兒目前六個月大。」

「哎喲，那正是她最可愛，但你們也最辛苦的時期。她晚上會不會哭鬧啊？」

「呃……」

敏郎答不上來，因為他根本不知道。他之前向太太說和女兒在同一個房間睡覺，自己會睡得不安穩，所以就一個人睡在客廳的沙發上。

對了，這麼說來，太太前一天也有向他咕噥：「我今天也只睡了三個小時。」也許那句話是想表達女兒晚上會哭鬧，她沒辦法睡覺。說不定太太那時就是在向自己發出求救信號，希望女兒晚上哭鬧時，自己可以幫忙哄女兒睡覺。

但是敏郎當時對她說：「這樣啊，那你晚一點可以睡個午覺。」敏郎自認為這樣是在關心太太，但是太太狠狠瞪了他一眼，對著他大吼：「你真是搞不清楚狀況！」

當時他難以理解太太為什麼要發脾氣，但現在聽了八重桐的話，似乎有點了解原因了。

照顧嬰兒很辛苦。太太白天要獨自照顧女兒，晚上還是要一個人照顧，而且身為丈夫的自己完全不了解其中的苦處，盡會說一些不中聽的話惹她生氣——

「今天又要吃咖哩？」、「家裡也太髒亂了吧。」、「你幫我倒杯茶。」、「洗澡水放好了嗎？」

整天都在要求別人服侍他，還獨自躲到客廳睡覺。有這種老公，太太怎麼可能不生氣呢？

「我……該不會是個廢物吧？」敏郎不由得臉色發白。

這時桃公走了過來，把手上兩個裝得滿滿的袋子交給八重桐說：

「給你，這就是你要的藥喲。」

「桃公，謝謝你。」

「別客氣，這是我的工作。至於藥錢，就老樣子喲。」

「好，這我知道。」

八重桐從長椅旁邊拿出一個大袋子說：

「這是幼鹿今年脫落的鹿茸，我按照你的要求蒐集起來了。」

「哇，真是太感謝了喲！嗯，這下子又可以做各種中藥了喲。」

桃公接過袋子，立刻把它們放進木箱。

敏郎忍不住瞪大了眼睛。那麼大的袋子，竟然被吸進木箱消失不見了，他忍不住想，難道這個木箱能通往異次元嗎？

總之，桃公在這裡的工作也完成了。

於是他們向八重桐道別，再次搭上火車。

火車出發後，桃公調皮的問敏郎：

「怎麼樣？你猜到八重桐大人是誰了嗎？」

「不，完全猜不到……我只知道她住在山上，照顧很多動物還有一個兒子。她到底是誰啊？」

「哎喲，已經有這麼多提示了，竟然還不知道她是誰。敏郎，你這個人很遲鈍喲。」

桃公無奈的嘆了一口氣。

「她是金太郎的母親喲。」

「金太郎！你說的是那個和熊相撲的金太郎嗎？就是童謠『扛著斧頭金太郎』的那個金太郎嗎？」

「就是他喲。」

原來是這樣。照顧金太郎真的很辛苦，敏郎不由得由衷佩服八重桐，她實在太厲害了。

「我記得民間故事裡，好像沒有提到金太郎的爸爸。」

「沒錯，用現代的話來說，八重桐大人就是單親媽媽喲。金太郎雖然活力充沛又調皮，但是小時候經常發燒，八重桐大人每次都整夜不睡的照顧他喲。

「對，大家都說嬰兒很容易發燒。」

「是喲……你女兒應該也一樣吧？才六個月大的孩子需要費心照顧，很辛苦喲。」

「……」

敏郎一句話都說不出口。

即使女兒發燒了，每次帶她去醫院看病的人都是太太。敏郎大部分的時間都在上班，根本沒辦法幫忙。就連太太打電話問他：「不好意思打擾你工作，但你可以回家一趟嗎？」他也是每次都拒絕太太：「沒辦法。」

他再度感到胸口一陣刺痛。

敏郎一直以為自己很愛家人，但他根本是一個不夠體貼的人。

終於意識到這件事的敏郎，沒發現桃公和他肩膀上的壁虎青箕，一直在注視著自己。

註：傳說金太郎出生於相模國（今日本神奈川縣）足柄山，一出生便力大無窮。山林中的動物都是他的朋友，常和他一起玩，但是誰都無法打倒他，就連自以為力量最大的熊來挑戰，也還是輸給金太郎。傳說後來，金太郎成為日本平安時代貴族源頼光的家臣，改名坂田金時，為其旗下四大天王之一，曾一起征討酒呑童子等怪物。

四

接著，他們在「瓜織鄉」車站下了車，一個年輕漂亮的女人在車站等待桃公。她穿了一件綠色和服，用紅色和黃色的王瓜裝飾一頭長髮。

敏郎一看到她，立刻就猜到了她的身分。他小聲詢問身旁的桃公：

「她該不會是瓜子姬吧？」

「哦？你竟然猜中了喲。」

「有前面兩次的經驗，這次不猜中也難啊。」

他們在竊竊私語的時候，瓜子姬臉色蒼白、表情僵硬的走了過來。

「桃公，你來得正好……聽說天邪鬼的封印解除了，這件事是真的嗎？」

瓜子姬簡單打完招呼就立刻詢問天邪鬼的事，桃公也露出憂鬱的表情點了點頭。

「很遺憾，這是真的喲。」

「怎麼會這樣？她不是應該要被關在妖怪街二十年嗎？她又會

來找我麻煩嗎？」

「不，我想應該不會喲。現在的情況和以前不一樣，她現在的目標應該不是你而是我，所以你不必太緊張。」

「不行，我沒辦法不緊張。」

瓜子姬用力搖了搖頭。

「一想到天邪鬼，我就無法放心……我得在瓜織鄉設下很多陷阱，還要種很多她最討厭的桑樹。」

「你不要激動喲，希望你想一想我來這裡的目的喲。」

瓜子姬聽了桃公的話，驚訝的問：

「你會給我什麼護身的法寶嗎？」

「當然喲，天邪鬼是因為我的疏失才會逃走……不對，正確來說是我搭檔的疏失喲。」

桃公在說話的同時，瞪著自己肩上的青箕。青箕也回瞪他，但是什麼話也沒說。

「瓜子姬，你放心喲，我已經蒐集到所有材料了，馬上就為你調製法寶喲。啊，敏郎。」

「我知道，是不是要泡茶？」

「沒錯沒錯，拜託你了喲。」

桃公在調製中藥的時候，敏郎將泡好的茶遞給瓜子姬。瓜子姬雖然很不安，但在喝了一口茶之後，臉上的表情稍微放鬆了。

敏郎鼓起勇氣問：

「我聽了你們剛才的談話，想到天邪鬼就是冒充你，想要嫁給有錢人的惡鬼吧？民間故事有提到，最後她被你爺爺、奶奶狠狠教訓了一頓，但是天邪鬼的封印被解除是什麼意思？」

「就是你聽到的意思。」

瓜子姬皺著眉頭說：

「那個傢伙被爺爺、奶奶教訓後安分了一陣子，之後又來惹我。桃公看不下去，就把她封印起來，沒想到封印竟然解除了。唉，不知道接下來會發生什麼事，我光想就覺得毛骨悚然。」

「她這麼可怕嗎？」

「是啊，她太可怕了。以前她看到幸福的人就會眼紅，然後想方設法搞破壞，現在更是惡劣，還會故意迷惑別人，以陷害別人為樂，而且還糾纏不清。」

瓜子姬嘆著氣說：「被桃公封印之前，她整天都來找我麻煩，不過被封印過後，她就對桃公懷恨在心，一心想要復仇……這點也很令人擔心，希望桃公不會遇到什麼麻煩。」

「不、不會有事的，」敏郎很想鼓勵她，於是脫口安慰她說：

「雖然我不是很了解桃公，但是大家不是都會找他幫忙嗎？而且他會調配很厲害的中藥，不管是你還是他自己，桃公一定都能好好保護，所以你不必這麼擔心。」

瓜子姬看著敏郎，眼神中仍然充滿憂鬱。

「謝謝你的安慰，但是……你對天邪鬼一無所知吧？雖然很感謝你的心意，但請不要說出沒有意義的安慰。」

敏郎覺得自己像是被甩了一巴掌，身體不由得搖晃起來。

「你根本不了解狀況，不要說這種言不由衷的話。」敏郎覺得瓜子姬好像是在對他這麼說。

他感到羞愧不已，同時又想起了自己的太太。

啊，太太也對他說過好幾次這樣的話，但是敏郎當時都不以為意，甚至還對太太感到不滿，覺得她生了女兒之後，變得越來越神經質。

自己不過是和以前一樣，只想和太太開玩笑，想和她打鬧取樂而已。

但是如果太太其實早就已經疲憊不堪，根本沒有跟他玩鬧的心情呢？

敏郎深切體會到自己必須改變。原本他以為不改變才是溫柔的表現，但原來並不是這樣。自己必須改變，才能支持另一半。

他越想，越發覺到許多自己做錯的事，不由得冷汗直流，眼前一片空白。

當敏郎回過神時，才發現自己無力的坐在車站長椅上。他抬起頭，看到桃公把一個小紙袋交給瓜子姬。

「給你，這是最高級的『保鑣香』喲，裡頭放了忠義三獸身上的東西、幼鹿的鹿茸和三眼妖怪貓的鬍鬚。只要點香熏一下衣服，天邪鬼就不敢靠近你了。」

「桃公，謝謝你，這樣我就能暫時放心了。我可以用這個支付藥錢嗎？這是我精心織好的布料。」

瓜子姬遞給桃公十幾公尺長的布料。布料是漂亮的桃紅色，質地薄如蟬翼，散發出清水般的光澤。

「哇，好漂亮！瓜子姬，你越來越厲害了喲！」

「你喜歡嗎？」

「當然喜歡喲，這個顏色太適合我了，謝謝你喲！」

「不客氣，我才要謝謝你，真的太感謝了。」

瓜子姬把紙袋抱在胸口，開心的離開車站。

桃公走向敏郎問：

「敏郎，你現在可以站起來嗎？」

「啊，嗯，應該可以。」

「太好了，你剛才突然搖搖晃晃的，瓜子姬也嚇了一跳喲。我的工作已經完成了，但童話列車沒有終點喲。怎麼樣？你還要繼續搭乘嗎？」

敏郎一時答不上來。

他很想繼續搭乘童話列車，不希望這趟奇幻之旅就這樣結束。接下來還有哪些車站？火車會去什麼地方？他很想知道答案。

但是……

他覺得自己必須馬上回家。今晚他學到了很多重要的事，必須在忘記這些事情之前回家，因為自己是……一個成年人、一個丈夫，同時也是一個「父親」。

敏郎看著桃公說：

「我要回家。」

「這樣啊，那你的旅程就到這裡結束喲。謝謝你幫我的忙，我會按照約定，送你賢妻良夫丹喲。」

桃公說完，便從懷裡拿出一顆圓滾滾的丸子。那顆丸子的大小差不多跟大玻璃珠一樣大，而且帶有淡淡的桃紅色。

敏郎聞到一股甜甜的柔和香氣，聞著這種氣味，他的心情漸漸放鬆，人也變得溫柔起來。敏郎相信，這顆藥丸的效果一定超級厲害。

但是，敏郎後退了一步說：

「不用……呃，不好意思，我想我不需要賢妻良夫丹了。」

「哎喲，你真的不需要嗎？只要吃了這顆賢妻良夫丹，你太太就會變得很溫柔喲。」

「我知道，但是……我覺得該變溫柔的人不是我太太，而是我自己。」

「啾啾啾。」桃公肩上的壁虎青箕叫了起來。

「小鬼，你終於明白了嗎？」敏郎覺得好像有人在對他這麼說。但是他還來不及向周圍張望，看看到底是誰在說話，桃公就笑著對他說：

「既然你有這種想法，就代表你已經沒問題了喲。」

桃公這句話深深滲入了敏郎的心中。

桃公接著又說：

「但是不答謝你，我心裡總覺得怪怪的喲。啊，對了，那我送你這個喲。」

桃公攤開瓜子姬剛才送給他的布料，用剪刀剪下一塊跟浴巾差不多大的布交給敏郎。

敏郎接過那塊布，忍不住大吃一驚。布料像絲綢般滑順，摸起來的感覺非常舒服。

「呵呵，和你分享這塊布料，你可以用來當作女兒的襁褓喲，她一定會很高興。那就再見喲。」

桃公話音剛落，敏郎突然感覺到一陣昏沉。接著，他的視野變得一片模糊，完全無法思考。

「呃……桃、桃公。」

他踉踉蹌蹌的向前衝時，手碰到了一個堅硬的東西，敏郎昏沉的腦袋頓時清醒，一下子回過了神。

「咦？」

敏郎大吃一驚，因為他發現自己竟然就站在家門口。他環顧四周，到處都沒有桃公的身影，也完全聞不到那輛神奇火車的煙霧氣味。

「這是一場夢嗎？不對，如果是做夢，這一切未免太真實了。」敏郎可以清楚回想起火車內的裝潢、車輛行駛時的震動，以及所有遇到的人身上穿的衣服和長相。而且當他低下頭時，發現自己手上正緊緊握著一塊桃紅色的布。

敏郎忽然有種重獲新生的感覺。他急急忙忙的打開門，走進了家裡。

抱著女兒的太太立刻從屋內衝出來。她披頭散髮，睡衣皺巴巴的，模樣和敏郎早上出門上班時看到的一樣，而且還露出像鬼一樣的表情。

太太小聲對他說話，以免吵醒睡著的女兒。

「你知道現在幾點了嗎？我做了晚餐等你回家！你如果不回家

吃飯，就要在四點以前打電話給我。要我說多少次你才會記住！」

「對不起，我忘記了。真的很對不起……我不只是為今天的事道歉，還要為之前的所有行為道歉。」

敏郎和平時不一樣，他發自內心向太太說「對不起」，而他的太太露出了錯愕的表情。

「敏郎？」

「以後我會更加努力，在各方面全力協助你。只不過我這個人很遲鈍，如果你不清清楚楚的告訴我你想要我怎麼幫你，我可能會無法了解，所以可以請你明確告訴我『去做這個』或是『去做那個』，儘管開口找我幫忙嗎？我會盡力完成你的要求。」

「敏郎，你、你怎麼了？為什麼突然……」

敏郎害羞的抓了抓頭，對大吃一驚的太太說：

「嗯，我遇到很多人，學到了很多事，感覺他們好像在罵我『到底在幹什麼』，讓我有種被打醒的感覺。啊，你是不是累了？小泉給我抱，你去泡個澡，慢慢來沒關係。」

「但是……她可能會哭喔？」

「沒關係，哭也沒關係，我會一直抱著哄她。來，把小泉交給我吧。」

敏郎說完，從太太手上接過女兒。前一刻還睡得很安穩的女兒，突然哭鬧了起來。

敏郎急忙用手上的桃紅色布料把女兒包起來，結果發生了驚人的事。女兒頓時安靜下來，舒服的入睡了。

敏郎鬆了一口氣，看著太太說：

「看吧，我是不是也很厲害？你就放心去泡澡吧。」

「謝謝你……」

太太用一臉快哭出來的表情向他道謝，讓敏郎再度感慨不已，沒想到自己的舉手之勞，能讓太太這麼高興。他終於了解

到，原來關心和體貼太太真的很重要。

敏郎希望讓太太更高興，所以繼續對她說：

「明天你不用做晚餐，等我下班回家由我來下廚，但我只會做速食的義大利麵，你不會嫌棄吧？」

「當、當然不會……我太高興了。」

「嘿嘿，而且我還會負責收拾和洗碗……從今以後，我會和你一起照顧小泉。」

敏郎語氣堅定的說出這句話。不過他好像不是在對太太說話，而是在告訴自己。

與此同時，桃公和他的搭檔青箕，正坐在童話列車上。

在發出喀噠叩咚聲響的搖晃列車中，青箕發出了啾咿啾咿的叫聲。桃公點了點頭說：

「是啊，雖然花了一點時間，但幸好他終於了解了喲。」

「啾咿。」

「嗯，那種人基本上都是好人喲，但不知道為什麼被家人照顧得太好，所以在家人面前就變得很自私任性。經常對外人很好，但對家人就很粗心，明明家人才是最應該關心的人喲。」

「啾啾咿。」

「青箕，你太毒舌了喲。嗯，因為他自己沒有察覺，所以最好的解決方法，就是讓他自己意識到這件事。而且這些話出自別人的口中，會對他造成最大的震撼喲。總而言之，這真是太好了喲，這下子他太太應該可以輕鬆許多……呵呵，如果他知道其實他太太才是真正的客人，一定會嚇一大跳喲。」

桃公呵呵笑了起來。這時，傳來一陣啪噠啪噠翅膀拍動的聲音，原來是一隻貓頭鷹從車窗飛了進來。

貓頭鷹在飛過桃公頭上時，丟下一張紙，然後又從車窗飛了出去。

「哎喲，貓頭鷹的夜間專送？是誰寄給我的？」

桃公歪著頭撿起那張紙，紙上寫著「緊急，請火速趕來。獅子頭妖婆」。

桃公頓時露出了嚴肅的表情。

「這是獅子頭妖婆的電報喲，她叫我火速趕去，到底是有什麼事？總之，我得馬上去找她。我去告訴列車長，請他把童話列車開去獅子頭妖婆家。」

桃公慌慌張張的站了起來。

註：瓜子姬與天邪鬼是日本傳說故事中的人物。很久很久以前，一對沒有孩子的老夫婦撿到了一個瓜，沒想到切開之後，發現裡頭有一個女嬰，便把她取名為「瓜子姬」。瓜子姬長大後十分擅長織布。當她即將結婚時，老愛跟人類唱反調、惡作劇的天邪鬼，趁老爺爺老奶奶不在家，騙了瓜子姬，想冒充她出嫁。幸好眾人即時發現，瓜子姬才順利得救。

第3章 自苦他贈散

一

說起獅子頭妖婆——大山姥白藤，在妖怪間也很有名。

她那一頭白髮像獅子的鬃毛般蓬鬆雜亂，全身肌肉結實，雖然已經六百零七歲了，但身體依然健壯。她每天在山上奔跑，大啖烤山豬，還把大岩石當成彈珠玩。

獅子頭妖婆也是醫生，雖然她醫術高明，但為了治療疾病或傷口，經常使用一些激烈的方法。她的激烈治療手法已經成為傳說，聽說很多妖怪都下定決心，無論受到再大的傷，也絕對不會去找獅子頭妖婆。只不過獅子頭妖婆常常一聽到有人受傷或生病，即使患者不來找她，她也會主動上門，所以妖怪們的這種決定根本是多餘的。

獅子頭妖婆發了電報給桃公。而桃公一接到「火速趕來」的電報，立刻趕到了獅子頭妖婆家。

妖婆的家位在深山之中，當桃公來到河邊神木上像鳥巢一樣的妖婆家時，忍不住瞪大了眼睛。

因為獅子頭妖婆竟然躺在鳥巢中哼哼呻吟。她的氣色很差，可怕的臉看起來也失去了原本的氣勢。

「妖、妖婆，你怎麼了？發生了什麼事？該不會是吃壞肚子了？天底下有什麼毒蕈菇可以破壞妖婆的鐵胃嗎？」

「你這個臭老頭，怎麼可以對女人說這麼沒禮貌的話？啊，好痛好痛。」

「你說好痛，到底是哪裡痛喲？」

「腰啊，我閃到腰了，痛死我了！」

「哎喲。」桃公露出發自內心的同情表情，但他肩上的壁虎青箕啾啾啾的小聲笑了起來。

妖婆狠狠瞪著青箕說：

「你這個壞心眼的龍神，改天我要把你晒乾烤來吃！」

「啾……」

青箕原本就很白的身體變得更蒼白了。

桃公插嘴說：

「好了好了，妖婆，你腰閃到就不要再罵人了喲。青箕，你這樣太沒禮貌了喲。妖婆，讓我看一下你的腰喲。」

桃公說完，來到躺著的妖婆身旁，用指尖按壓、搓揉她的腰，妖婆每次都會輕聲發出「嗚呃！」、「啊痛！」的慘叫聲。

不一會兒，桃公露出無奈的表情說：

「這還真嚴重喲，你到底是做了什麼，才會變成這樣？」

「我沒有做什麼特別的事，昨天就是像平常一樣跑了五座山，在河裡和大河童相撲，然後去瀑布下方的潭中洗了個澡，回到這裡準備吃飯時，突然覺得鼻子很癢，就打了一個噴嚏，結果就聽到嘰嘰嘎嘎的聲音，腰扭了一下，然後我就站不起來了。」

「你那個噴嚏一定很猛喲，如果我也在場，搞不好會被你彈出去喲。」

妖婆露出求助的表情，對一臉佩服的桃公說：

「這種事不重要，你趕快幫我想想辦法。喔，好痛、好痛。你也看到了，這簡直要痛死我了，根本沒辦法動彈。」

「我真的很同情你喲，但是我的藥沒辦法治你的扭傷喲。你應該也很清楚，這種傷只能乖乖貼膏藥，乖乖休息喲。」

「這種事我當然知道，但是這一次我必須馬上恢復活蹦亂跳的狀態。」

妖婆露出嚴肅的表情說：

「最近這附近的山很不平靜，妖狐和妖鼠狼在爭地盤，雙方都很激動，遲早會大打出手。」

「哎喲喂呀。」

「妖狐和妖鼠狼的數量都很驚人，要是真的打起來，恐怕會有很多人受傷，所以我這個醫生如果只能在家裡躺著就糟糕了。如果在緊急時刻幫不上忙，不就失去意義了嗎？」

「嗯，那倒是喲……你希望我怎麼幫你？」

「我記得你不是有『自苦他贈散』嗎？你給我那個。」

「自苦他贈散？」

桃公立刻露出為難的表情。

「我雖然有這種藥……但是不能輕易給出處方喲，這種藥很危險喲。」

「我知道，因為這是把自己的疼痛轉移到別人身上的藥。不過我是醫生啊，我一定會遵守使用方法，所以拜託你幫幫忙。唉唷！好痛、好痛！」

獅子頭妖婆一次又一次的拜託，桃公終於點頭同意。

「好吧，但你一定要遵守使用方法喲。」

「我保證一定照做，你趕、趕快把藥給我。」

桃公放下身上的木箱，從裡面拿出一個黑色、一個白色的小紙包。

「這兩包就是自苦他贈散，裡面都包了粉末喲。黑色的紙包自己吃，白色的紙包讓對方吃，這樣的話，你的疼痛就會轉移到對方身上喲。」

「太好了，謝謝你。」

「但是你有朋友願意代替你扭到腰嗎？我想大家應該都不想扭到腰喲。」

「嗯，我已經想好對象了。好痛、好痛啊。不、不好意思，可以順便幫我貼膏藥嗎？」

「當然可以喲。」

桃公在準備膏藥的時候，獅子頭妖婆打開了桃公剛才給她的黑色紙包，把裡面的粉末倒進嘴裡，然後又伸長手，不知道在偷偷做什麼。

「你在窸窸窣窣忙什麼？最好不要亂動喲。」

「我知道，但是不是要付藥錢給你嗎？我用特別釀製的蜂蜜酒當作藥錢怎麼樣？你不是很愛喝嗎？來，你嚐嚐味道。」

獅子頭妖婆拿出了一個紅色大葫蘆。桃公聽到有蜂蜜酒，立刻雙眼發亮的說：

「那我就不客氣喲。」

桃公接過葫蘆，立刻喝了一口。

「嗯，又甜又濃醇，太好喝了喲！咦？但是餘味有點怪怪的……有點苦，還有灰燼的味道……這是『自苦他贈散』……呃！」

桃公瞬間臉色發白，整個人倒在地上。他感覺腰部傳來一陣劇烈的疼痛，簡直就像是挨了一拳。而且這種疼痛沒有消失，他只是稍微活動一下，疼痛就像電流般貫穿全身。

在冷汗直流的桃公面前，獅子頭妖婆俐落的站了起來，還神清氣爽的伸了個懶腰。

「啊啊，太好了！你的藥真是靈光，疼痛完全消失了。」

「為、為、為什麼要這麼……」

「對不起啦，但是除了你以外，我想不到還有誰可以吃自苦他贈散。反正你就乖乖躺在這裡休息，我要趁這個機會去看孫女。」

「孫、孫女？好痛、好痛！」

「對啊，」獅子頭妖婆笑著點了點頭，「今天是我可愛孫女的生日，我之前就已經決定今晚要好好為她慶祝，而且連禮物都已經準備好了，如果因為閃到腰不能去，我孫女不是很可憐嗎？」

「你、你剛才說很擔心爭奪地盤的事，我才會拿自苦他贈散給你！好痛、好痛啊！所、所以你騙我喲！」

「我沒有騙你，我的確很擔心兩派人馬會打起來，但是我孫女

的生日更重要，所以你就替我腰痛一個晚上吧。別擔心，我明天一定會回來。」

「等、等一下！你不要走喲！這樣不行……」

獅子頭妖婆不顧桃公扯著嗓子大叫，輕鬆愉快的衝出了家門。

二

獅子頭妖婆的孫女，住在離妖婆山很遙遠的森林內，即使以妖婆的腳程，也要花很長時間才能抵達。當她終於看到森林的時候，已經是傍晚了。

妖婆凝視著森林，笑了笑說：

「慶生會似乎已經準備就緒。」

妖婆說對了。

森林中掛了五彩繽紛的燈籠，簡直就像聚集了好幾百隻的螢火蟲，閃爍著點點光芒。

這次慶生會應該也有邀請樂隊參加，笛子和鑼鼓的歡樂樂音隨風飄揚，妖婆還聞到了美味佳餚的氣味。

「這是……烤整頭山豬的味道，還有鹽烤鱒魚。啊啊，這是蕈菇炊飯的味道嗎？蕈菇炊飯真的很好吃呢。嗯，還有牡丹餅、蜜汁栗子跟櫻桃……哇！原來還有山葡萄酒和梅酒，真是太令人期待了。」

但是比起這些美酒佳餚，妖婆最期待見到她的孫女雪子。

在妖婆眼中，孫女雪子可愛得不得了，簡直是捧在手上怕摔了，含在嘴裡怕化了。每次聽到她用可愛的聲音叫著「嬤嬤」對自己撒嬌，那可愛的樣子讓妖婆忍不住想把她吃下去。

雪子之前曾對獅子頭妖婆說：「嬤嬤，我生日你一定要來喔。」所以即使是要了一點小心機，妖婆也一定要趕來參加。

「全天下沒有人比我孫女更可愛的人了，不知道她喜不喜歡我做的骸骨娃娃禮物。」

妖婆興奮的前往森林，但是半路卻殺出了程咬金。

一道閃電劃過晴朗的夜空，然後宛如流星般落在妖婆的眼前。

隨著轟隆隆的一聲巨響，眼前亮起刺眼的光芒，當聲音和光芒平息時，一個男人站在妖婆的眼前。

那個年輕人瘦瘦高高的，還有一頭閃亮的水藍色長髮，身上穿著與眾不同的衣服。雖然他臉上戴著龍的面具，仍然可以感受到他俊美的長相。

獅子頭妖婆嚇了一跳，但她立刻回過了神。

「你是……青箕嗎？」

「沒錯，就是我。我來接你了，請你馬上跟我回家，回到桃仙翁那裡。」

「開什麼玩笑，我還沒有見到雪子呢。啊，不行不行，我怎麼可能跟你回去？今天是我孫女的慶生會，我這個嬤嬤怎麼可以不為她的生日好好慶祝呢？我不是保證過明天就會回去嗎？我會遵守約定，你不必擔心，去陪在桃老頭身邊吧。」

「那可不行。」青箕透過面具發出嚴厲的聲音。

妖婆聽了，雙眼立刻迸出火花。

「不行？你說不行？青箕……你竟敢命令我？」

妖婆一把抓住青箕，在揮起大拳頭打下去的同時，還用腦袋撞了過去。

青箕躲過了妖婆的拳頭，但是沒有躲過她的鐵頭功。只聽到咚的一聲，隨著沉悶的聲音響起，龍的面具也被撞得粉碎，青箕的俊美臉蛋露了出來。

青箕痛得皺起眉頭大叫：

「你先聽我說！等到明天就來不及了！」

「什麼來不及？」

「藥物的副作用。你根本不知道自苦他贈散的副作用吧？自苦他贈散的確可以把疼痛和痛苦轉移到別人身上，但如果不在半天之內轉回自己身上，那些痛苦就會一輩子留在對方身上。」

「你說什麼？」

妖婆大吃一驚，忍不住後退。

「意思就是，如果我不在半天之內趕回去，桃老頭就會一輩子閃到腰嗎？他完全沒有向我提這件事！」

「他還來不及說，你就奪門而出了。」

青箕的藍眼睛注視著妖婆。

「雖然看到桃公閃到腰動彈不得的樣子很高興，想到他對我做的種種惡行，也覺得這是給他合理的懲罰，不過要是他永遠動彈不得，那就傷腦筋了。要是桃源鄉的管理者無法行動，我們這些年神就無法好好休息。拜託你趕快回去桃仙翁身邊，拜託了。」

獅子頭妖婆沉默了片刻，接著身體快速的顫抖起來。

她無論如何都想要去看孫女。

但是她又不能對桃公見死不救。

兩種想法在她內心天人交戰，幾乎要把她的身體撐爆了。

但是，身體的顫抖漸漸平息，她終於抬起頭說：

「哼，你幹麼不早說？浪費這麼多寶貴的時間。」

「所以你願意回去嗎？」

「當然啊。哼，我完全了解腰痛有多難受，那個弱不禁風的老頭根本承受不了。腰痛一天也就罷了，如果持續三天，他恐怕會沒命……我不會讓這種情況發生的，我可是個一言九鼎的女人。」

說完，妖婆把手上的包裹塞到青箕手上。

「我回去老頭那裡，這個就拜託你了。」

「咦？」

「我想請你把這個包裹送去給我的孫女雪子，她就住在森林裡。你告訴她，嬤嬤實在沒辦法去見她，真的很對不起。就算我沒有陪在她身邊，也會衷心祝她生日快樂。」

「知道了，我一定會把這個包裹交給她，然後轉達你的話。」

「那就交給你了。」

妖婆露出難過的眼神看了森林一眼，接著便猛然轉過身。

她像一陣旋風般拔腿狂奔，一轉眼就不見蹤影了。

青箕大吃一驚，等他回過神時，忍不住咂著嘴說：

「她的個性真急躁，不把話聽完就跑掉了。我原本是打算讓她坐在身上送她一程，沒想到她竟然差遣我跑腿，到底是把龍年的年神當成了什麼？算了，這次就不和她計較。」

青箕不悅的嘀咕著，帶著妖婆交給他的包裹走向森林。

三

「吼喔喔喔喔喔！」

獅子頭妖婆發出一種分不出到底是咆哮還是吶喊的聲音，她全力奔跑著，滿腦子都在想著：「必須趕快回家！」所以她顧不得要閃避擋住她的樹木和岩石，而是直接用身體把它們撞開。她驚人的氣勢，簡直就像失速的列車。

住在附近的妖怪，全都被失速的獅子頭妖婆嚇壞了。

「這、這些巨響是怎麼回事？」

「是火山爆發了嗎？」

「不、不是，是妖婆！獅子頭妖婆正跑得飛快！」

「怎、怎麼回事？難道有人受傷了嗎？」

「啊啊啊，好可怕。大家趕快通知位在妖婆前進方向的朋友，警告牠們趕快讓路！」

但是也有些妖怪來不及收到警告，那就是妖狐一族和妖鼠狼一族。牠們正在爭奪地盤，聚集在原野——妖怪關之原上，決定在今晚一決勝負。

雙方人馬大眼瞪小眼，正準備要開戰。

噠噠噠噠噠！

可怕的地鳴聲響起。妖怪們大吃一驚，不知道發生了什麼事，只看到一個散亂著一頭白髮的巨大影子，從原野的另一頭衝過來。

隨著影子越來越近，妖狐和妖鼠狼看了都嚇得腿軟。因為一臉齜牙咧嘴衝過來的獅子頭妖婆，實在太可怕了。

然而，獅子頭妖婆對嚇得魂不附體的妖怪們毫不留情。

「閃開——」

獅子頭妖婆似乎覺得眼前看到的一切都是阻礙，毫不猶豫的衝進妖怪聚集的地方，結果造成的傷患比之前任何一場妖怪火拼還要多。

雖然不能說是因禍得福，但妖狐和妖鼠狼的地盤之爭，也就此落幕了。

因為牠們誤以為一旦彼此爭奪地盤，獅子頭妖婆又會像這次一樣前來阻止。

獅子頭妖婆在那天晚上，又創造了不少新的傳說。但也因為她不顧一切的狂奔，總算在自苦他贈散產生副作用之前，回到了桃公身旁。

「桃老頭，讓你久等了，你把腰痛還給我吧。」

妖婆說完，便握住躺在那裡呻吟的桃公的手。

下一剎那，腰痛再度回到妖婆身上，她痛得倒了下來，桃公則精神抖擻的站了起來。

「唉，真是的，我還擔心不知道會變成什麼樣喲！你竟然設計我吃下自苦他贈散，如果你再這樣，下次我絕對不會回應你的要求喲！」

桃公氣得七竅生煙，妖婆無力的瞪著他說：

「你不要再念我了，我、我這不是回來了嗎？我們就算是扯平吧。好痛好痛！閃到腰不是病，但痛起來真要命啊。」

「你也該想一想，腰痛莫名其妙轉移到我身上，我會有什麼感想喲。真是的！咦？青箕呢？青箕沒有和你一起回來嗎？」

「哦，我拜託青箕幫我處理其他事，但應該馬上就會回來了。啊，好痛好痛！你、你再幫我貼一張膏藥。」

「真是受不了你！等青箕回來，我就要走了喲！在他回來之前，我就先勉為其難照顧你一下，雖然我其實很不願意喲。」

桃公雖然很生氣，卻還是為妖婆貼上膏藥，但是貼到一半，桃公不由得大吃一驚，因為妖婆竟然在流淚啜泣。

「你、你還好嗎？是不是我貼膏藥太用力了喲？如果弄痛了你，我可以向你道歉喲。」

「不是，嗚嗚……只是想到我剛才差一點就可以見到雪子了。唉，早知道就去露一下臉，對雪子說聲『生日快樂』，嗚嗚……」

妖婆像小孩子一樣哭了起來。桃公看著她，然後輕輕嘆了一口氣說：

「雖然我真的很生氣……但看到你這樣哭，我心裡也很難受喲。好了好了，你不要哭，我幫你做一樣好東西喲。」

「好東西？」

「對，是你一定會高興的東西喲。」

桃公說完，從木箱內拿出兩張很大的白紙，然後像摺紙一樣摺了起來。

一轉眼，白紙變成了兩隻白色紙蝴蝶。桃公在紙蝴蝶上，撒了不知道是什麼結晶的粉末。

紙蝴蝶的翅膀立刻變成了鏡子。

桃公念完奇怪的咒語後，其中一隻蝴蝶便飛走了。

桃公把剩下的那隻蝴蝶，輕輕拿到躺著的妖婆面前。

「給你，這是『想飛鏡蝶』，這面鏡子可以讓你看到想要見面的人喲。你試試看，記得要想著你最想見的那個人喲。」

妖婆想見的人當然只有一個。

妖婆目不轉睛的看著想飛鏡蝶，滿腦子都想著雪子。蝴蝶拍了兩下翅膀，下一剎那，翅膀的鏡子上出現了雪子的身影。

「雪、雪子！」

妖婆忍不住出聲呼喚。雪子似乎聽到了聲音，轉頭看了過來。

「咦？嬤嬤？」

「雪子，你可以看到我嗎？」

「可以。嬤嬤，你為什麼會在蝴蝶的翅膀上？你不是說今天不

能來看我嗎？」

「嗯，原本是這樣，但是現在可以用這種方法看到你了……雪子，嬤嬤真心祝你生日快樂。」

妖婆發自內心的說。

雪子也開心的笑著回答：

「謝謝！啊，我收到嬤嬤的禮物了，超級可愛！」

「哦，禮物順利送到你手上了嗎？那真是太好了。」

「嗯，就是牠送來給我的。」

想飛鏡蝶映照出雪子手指方向的畫面。青箕已經化為壁虎模樣，坐在宴會裡，被許多高大的山中女妖包圍著，還被輪番捧在手心上呵護著。牠樂不可支的喝著酒，而且已經喝得爛醉。

桃公見狀，瞪大了眼睛。

「青箕！你竟然跑去參加慶生會，簡直太過分了喲！你辦完事就應該馬上回來喲！既然這樣……妖婆，要不要讓青箕吃自苦他贈散，把腰痛轉移到牠身上呢？」

桃公似乎不是在開玩笑。

但是妖婆完全沒聽到桃公說的話，因為她正在專心和雪子聊天。雪子笑得很開心，妖婆看到雪子的笑容，覺得自己的腰好像也沒那麼痛了。

「唉，早知道一開始就請桃公為我做想飛鏡蝶了。」妖婆忍不住這麼想。

桃公的中藥處方箋之2

自苦他贈散

用法及用量

自己服用黑色紙包內的藥粉，讓轉移疼痛的對象服用白色紙包的藥粉。

作用與功效

可以把身體的疼痛和痛苦轉移到別人身上。

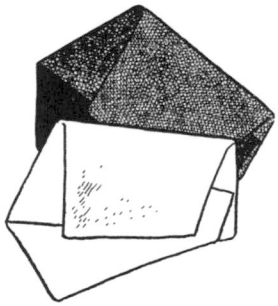

使用注意事項

如果轉移的時間超過半天，疼痛和痛苦就會一輩子留在被轉移的人身上，所以必須格外注意。

桃公的中藥處方箋之3

想飛鏡蝶

用法及用量

注視紙蝴蝶，並在心裡想著自己想要見的人。

作用與功效

在蝴蝶拍動翅膀的瞬間，可以在鏡子般的蝴蝶翅膀上看到想見的人，雙方也可以對話。

使用注意事項

靠近火源會燒起來，使用時要小心。

後記

我跟你說，我終於見到他了。

我見到了那個神奇的中藥郎中。

他把粉紅色的鬍子綁成麻花辮，肩上還有一隻青白色壁虎。

我鼓起勇氣叫住他，他馬上就說中了我的煩惱，而且還給了我一帖中藥。

他對我說，只要有那帖中藥，一定能夠和之前吵架的朋友和好。

所以……呃，你願意和我和好嗎？

十二生肖圖鑑

你知道十二地支或是十二生肖是什麼嗎？
經常有人說自己出生在龍年或虎年，
這又是什麼意思呢？

在華人傳統文化中，
有用十二種動物配合十二地支所形成的紀年系統，
每一年有不同的代表動物， 也就是十二生肖。
除了中國、 臺灣以外，
日本和韓國也會用十二地支
來代表時刻、日、月、年和方位。
像是「午時」， 代表的是上午11：00到下午1：00，
而現代人也會用上午、 下午或是正午來代表時間。
此外， 地支也可以表示方位，
像是「丑寅方位」， 就代表著東北方，
這種用動物來代表每一年的紀年方式很有趣吧！
試著查一查你出生那一年是代表哪個方位，
應該會很有趣喔。

書中的十二生肖將和桃公一起大顯身手，
你的生肖代表動物會有什麼活躍的表現嗎？
真是讓人好期待啊！

你出生的那一年是什麼年？
想更了解自己出生那一年的意義嗎？
那就來聽聽桃公介紹十二生肖吧！

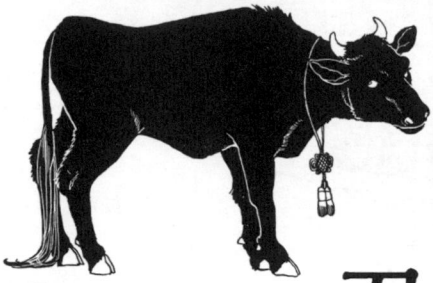

2 丑

代表動物 牛

出生年分 1937年・1949年・1961年・1973年・1985年・1997年・2009年・2021年・2033年

丑月 12月 **代表時刻** 2點

性格 丑年出生的人最大的優點，就是不會情緒化。如果遇到生氣的事，情緒快要失控時，記得深呼吸一下。慢慢說出自己想要表達的意見，就會帶來好運。

子 1

代表動物 鼠

出生年分 1936年・1948年・1960年・1972年・1984年・1996年・2008年・2020年・2032年等

子月 11月 **對應方位** 北 **代表時刻** 24點

性格 子年出生的人只要做事勤快，就會有好事發生。建議你可以把待辦事項列表規劃，就能夠湧現幹勁！完成之後，要記得好好稱讚自己喲！

4 卯

代表動物 兔

出生年分 1939年・1951年・1963年・1975年・1987年・1999年・2011年・2023年・2035年

卯月 2月 **對應方位** 東 **代表時刻** 6點

性格 卯年出生的人可以用笑容贏得所有人的喜愛。只要面帶笑容，好事就會上門！發自內心想要笑的時候，就盡情的笑！笑容也可以爲自己帶來幸福。

3 寅

代表動物 虎

出生年分 1938年・1950年・1962年・1974年・1986年・1998年・2010年・2022年・2034年

寅月 1月 **代表時刻** 4點

性格 寅年出生的人內心充滿勇氣和行動力。感到膽怯時，不妨努力尋找內心的勇氣，告訴自己「我可以做到」，就一定可以向前邁進。

6 巳

代表動物 蛇

出生年分 1941年・1953年・1965年・1977年・1989年・2001年・2013年・2025年・2037年

巳月 4月　代表時刻 10點

性格 巳年出生的人觀察力超強，可以將與生俱來的觀察力，充分發揮在讀書或是考試等各個方面！也很容易發現有困難的人。

辰 5

代表動物 龍

出生年分 1940年・1952年・1964年・1976年・1988年・2000年・2012年・2024年・2036年

辰月 3月　代表時刻 8點

性格 辰年出生的人，最大的優點，就是能夠從大局觀察事物。首先了解整體大致的狀況，就能夠很自然的看清楚問題的細節。

8 未

代表動物 羊

出生年分 1943年・1955年・1967年・1979年・1991年・2003年・2015年・2027年・2039年

未月 6月　代表時刻 14點

性格 未年出生的人個性溫暖善良，具有療癒他人的能力。善待別人時，會發現自己的心情也很愉快。

7 午

代表動物 馬

出生年分 1942年・1954年・1966年・1978年・1990年・2002年・2014年・2026年・2038年

午月 5月　對應方位 南　代表時刻 12點

性格 午年出生的人具備驚人的專注力！你是不是很容易廢寢忘食的投入自己喜歡的事物呢？將這種專注力投入運動和課業，就能夠得到最理想的結果喲。

酉 10

代表動物 雞

出生年分 1945年・1957年・1969年・1981年・1993年・2005年・2017年・2029年・2041年

酉月 8月　對應方位 西　代表時刻 18點

性格 酉年出生的人擁有卓越的力量，勇於挑戰的精神也非常厲害。對於有興趣的事物，第一次嘗試時通常會有好結果！

申 9

代表動物 猴

出生年分 1994年・1956年・1968年・1980年・1992年・2004年・2016年・2028年・2040年

申月 7月　代表時刻 16點

性格 申年出生的人喜歡有趣、開心的事，對任何事都會產生濃厚的興趣，所以能夠挑戰各種事物，是能轉換思維的天才！

亥 12

代表動物 豬

出生年分 1947年・1959年・1971年・1983年・1995年・2007年・2019年・2031年・2043年

亥月 10月　代表時刻 22點

性格 亥年出生的人毅力超強，能夠堅持到底！這是現代最重要的能力。不過最大的祕訣就是要決定好自己的目標，不要太貪心！

戌 11

代表動物 狗

出生年分 1946年・1958年・1970年・1982年・1994年・2006年・2018年・2030年・2042年

戌月 9月　代表時刻 20時

性格 戌年出生的人誠實、富有正義感。面對自己不喜歡的事，只要列出待辦事項清單，就可以激發動力！要充分發揮自己的直率。

桃公造訪地點大解密

《怪奇漢方桃印》系列中，桃公造訪了許多地方，還吃了各地的美食，你知道桃公跟青箕這對好拍檔，到底去哪裡旅行了嗎？一起來解開謎底吧！

■《怪奇漢方桃印 1：給你一帖退魔封蟲散！》

●第一章 退魔封蟲散：日本滋賀縣安土城（提示：第十頁，織田信長曾經在這座山上建了城堡。）

●第二章 鬼體化散：日本茨城縣 鹿島神宮（提示：第一〇一頁，大神社在市區，神社內還飼養了神明的使者——鹿；第一〇二頁，要石。）

●第三章 天龍淚湯：日本東京都多磨靈園（提示：第一五五頁，全東京最大的墓地，有二十七個東京巨蛋球場那麼大。）

■《怪奇漢方桃印 2：要不要來一份相親相愛香？》

●第一章 相親相愛香：日本愛知縣名古屋站前（提示：第一四頁，通道上有一個很大的人型模特兒。）

●第二章 鬼角丸：日本大分縣九重夢大吊橋（提示：第九十～九十一頁，吊橋有三百九十公尺長，是全日本最高的吊橋。）

■《怪奇漢方桃印 3：木偶娃娃心丹大反撲》

●第一章 鐵雞藥卵：日本新潟縣糸魚川翡翠海岸（提示：第八頁，可以撿翡翠的海岸。）

●第二章 木偶娃娃心丹：日本大阪府萬博紀念公園（提示：第七十五頁，幾十年前曾舉行萬國博覽會，當時建造的巨大紀念碑至今仍留在公園內。）

●第三章 獸心人語糖：日本北海道北海道大學（提示：第一六七～一六八頁，可以在春天賞花、夏天散步、秋天撿銀杏、冬天玩雪的大學校園；第一八〇頁，味噌拉麵最好吃了。）

■《怪奇漢方桃印 4：超危險違反解除湯》

●第一章 違反解除湯：日本香川線小豆島天使之路（提示：第十頁，瀨戶內海小島、天使之路。）

●第二章 賢妻良夫丹：日本琦玉線秩父鐵道（提示：第一一九頁，靠近住宅區的蒸汽火車，時常有鐵道迷來訪。）

怪奇漢方桃印4

超危險違反解除湯

作　　者｜廣嶋玲子
插　　圖｜田中相
譯　　者｜王蘊潔

責任編輯｜楊琇珊
特約編輯｜葉依慈
封面設計｜點金設計
電腦排版｜中原造像股份有限公司
行銷企劃｜林思妤

天下雜誌創辦人｜殷允芃
董事長兼執行長｜何琦瑜
媒體暨產品事業群
總 經 理｜游玉雪
副總經理｜林彥傑
總 編 輯｜林欣靜
主　　編｜李幼婷
版權主任｜何晨瑋、黃微真

出 版 者｜親子天下股份有限公司
地　　址｜台北市104建國北路一段96號4樓
電　　話｜（02）2509-2800　傳真｜（02）2509-2462
網　　址｜www.parenting.com.tw
讀者服務專線｜（02）2662-0332　週一～週五：09:00~17:30
讀者服務傳真｜（02）2662-6048　客服信箱｜parenting@cw.com.tw
法律顧問｜台英國際商務法律事務所．羅明通律師
製版印刷｜中原造像股份有限公司
總 經 銷｜大和圖書有限公司　電話｜（02）8990-2588

出版日期｜2023年5月第一版第一次印行
定　　價｜320元
書　　號｜BKKCJ096P
ISBN｜978-626-305-456-1（平裝）

訂購服務
親子天下Shopping—shopping.parenting.com.tw
海外．大量訂購—parenting@cw.com.tw
書香花園—台北市建國北路二段6巷11號　電話｜（02）2506-1635
劃撥帳號—50331356　親子天下股份有限公司

國家圖書館出版品預行編目資料

怪奇漢方桃印. 4, 超危險違反解除湯 / 廣嶋玲子文 ; 田中相圖 ; 王蘊潔譯. -- 第一版. -- 臺北市 : 親子天下股份有限公司, 2023.05
232面 ; 17X21公分. -- (樂讀456 ; 96)
國語注音

ISBN 978-626-305-456-1(平裝)

861.596　112003754

《KAIKI KANPOU MOMO JIRUSHI NAKANAKA YABAINO IHAN KAIJOTOU》
© Reiko Hiroshima / Ai Tanaka 2021
All rights reserved.Original Japanese edition published by KODANSHA LTD.
Traditional Chinese publishing rights arranged with KODANSHA LTD.through Future View Technology Ltd

本書由日本講談社正式授權，版權所有，未經日本講談社書面同意，不得以任何方式作全面或局部翻印、仿製或轉載。

立即購買 >

答案　找到的老鼠數目……

0 隻：這個真的很難

1 ～ 2 隻：太棒了！

3 隻：真是好眼力！

4 隻：注意力超強！

5 隻：專注力十足的天才